AF366154

Anne-Sophie PROST

# SUR LE FIL

Recueil de nouvelles

Achevé d'imprimer en Janvier 2023

Anne-Sophie Prost
78000 Versailles

Dépôt légal : Janvier 2023

ISBN : 9782958650100

*puisque nous marchons sur le fil*
*sans avoir appris*
*chaque pas est à inventer*

Gaëlle Josse, *Et recoudre le soleil*

# L'horloge

*Tic tac. Tic tac.* Sur la cheminée, la pendule en bronze, ornée d'une jeune bergère et de délicats motifs floraux, sonne huit coups. 20 heures, il n'est toujours pas là. Il avait promis, pourtant. Sur la carte postale déposée hier par le facteur, avec la photo paradisiaque, les jolis timbres exotiques et le cachet de la Poste faisant foi, il avait écrit ces quelques mots : « *Mamie, j'arrive jeudi 25 matin. Bisous, Antoine.* » Plus clair, ce n'est pas possible. Et jeudi 25, c'est aujourd'hui. Elle a déjà vérifié cinquante fois sur le calendrier des pompiers accroché dans sa cuisine. Et à 20 heures, il n'y a pas à tortiller, le matin est passé depuis longtemps. Antoine n'a pas appelé.

Il lui est forcément arrivé quelque chose. Il a raté son vol, son avion s'est écrasé ou a été détourné par des terroristes, il est tombé fou amoureux d'une hôtesse de l'air, il s'est fait dévorer par un lion échappé d'un cirque, son taxi s'est retrouvé compressé façon César dans un gigantesque carambolage, il s'est fait kidnapper par un *serial-killer*, il est hospitalisé après une méningite foudroyante, il s'est fait enrôler par

Daech, il est devenu amnésique et ne retrouve plus le chemin de la maison…

Les idées les plus folles traversent la tête de Madeleine. Elle sent l'anxiété monter en elle, elle frissonne, son cœur palpite. Le médecin lui a pourtant bien dit d'éviter les émotions, à son âge ce n'est pas raisonnable. Suivant cette prescription, Madeleine ne quitte presque plus son vieux fauteuil en velours vert du matin au soir. Emmitouflée dans une couverture en crochet blanc, elle regarde sa pendule, *tic tac, tic tac*, guettant le passage du facteur, dans l'attente des rares lettres d'Antoine. Pour le reste, elle se contente de se laver, s'habiller, se déshabiller, manger ce que lui apporte tous les matins l'aide-ménagère, boire, avaler ses cachets… Et respirer. Parfois, c'est ce qui lui coûte le plus.

*Tic tac. Tic tac*. Maudite horloge qui la nargue ! Madeleine se souvient du moment où elle l'a reçue, le jour de son mariage. Rayonnante au bras de son jeune et beau Michel, elle ouvrait les uns après les autres les cadeaux disposés sur une grande table dressée à cet effet. Lorsqu'elle a déchiré le papier doré qui enveloppait l'horloge, elle a eu un moment de recul en la reconnaissant. C'était celle qui trônait habituellement sur la cheminée en marbre du salon de ses beaux-parents. Madeleine la détestait, car c'était elle la véritable maîtresse de la maison. Chacun de ses coups ordonnait de manière tyrannique les journées, impossible de s'y soustraire. A 7 heures le réveil, à 8 heures le petit-déjeuner, à midi le déjeuner, à 19 heures le dîner, à 21 heures le coucher, et ainsi de suite chaque jour que le bon Dieu faisait ! Michel, ému devant ce qu'il voyait comme un cadeau inestimable, se précipita vers sa mère pour la remercier. Embrassant son fils, cette dernière se tourna vers sa belle-fille en lui déclarant d'un ton autoritaire : « ma chère Madeleine, cette horloge rythme la vie de notre famille depuis plusieurs générations, je me réjouis qu'elle rythme la vie de votre nouveau foyer désormais ! »

*Tic tac. Tic tac.* L'horloge a accompagné leurs premiers ébats amoureux. Madeleine trouvait cela gênant, Michel en riait, considérant que c'était un moyen de mesurer ses performances sexuelles. Au fil du temps, le couple s'est habitué à faire l'amour à des horaires précis, jamais avant, jamais après, avec une ponctualité à faire pâlir d'envie la SNCF.

*Tic tac. Tic tac.* Quand leur fille unique Martine a disparu à vingt ans, du jour au lendemain, en partant à l'autre bout du monde avec un énième amoureux, l'horloge a égrainé inlassablement les minutes, puis les heures, les semaines, les mois et enfin les années à attendre, en vain, un signe de vie. Un jour, ils ont reçu un faire-part de décès rédigé dans une langue inconnue, mais la bordure noire, le cachet officiel, le nom de leur fille et la date inscrite sur le carton ne laissaient pas vraiment de doute sur son objet. Michel n'a rien dit, il a juste glissé l'enveloppe derrière l'horloge, où elle repose toujours, en guise de tombeau.

*Tic tac. Tic tac.* Lorsqu'une assistante sociale a téléphoné un matin, pour leur annoncer qu'ils étaient grands-parents d'un petit garçon de cinq ans nommé Antoine, qui n'avait plus qu'eux pour prendre soin de lui, l'horloge a oublié un instant d'être mauvaise et a sonné dix grands coups pour marquer l'événement. Puis elle n'a eu de cesse de mettre le gamin au pas pour qu'il respecte son rythme infernal. Pas étonnant qu'il ait eu besoin comme sa mère, une fois ses diplômes en poche, de s'enfuir loin, très loin de cette dictature du temps.

*Tic tac. Tic tac.* Quand Michel, il y a dix ans, s'est levé de table en grimaçant, la main crispée sur le cœur, pour s'écrouler sur le sol et ne plus jamais se relever, l'horloge n'a pas eu la décence de se taire, de marquer ne serait-ce qu'une minute de silence. Même lorsque les voisins sont venus présenter leurs condoléances à Madeleine et veiller avec elle le corps avant sa mise en bière. Ou quand la vieille dame est revenue du cimetière et a dû affronter la solitude. La première chose qu'elle a entendue, c'est : *tic tac, tic tac*, je reste avec toi, Madeleine.

*Tic tac. Tic tac.* Je n'en peux plus. *Tic tac. Tic tac.* Ce battement me rend folle. *Tic tac. Tic tac.* Il faut que cela cesse.

22 heures. On n'entend pas les dix coups familiers sonner. Un taxi s'arrête et dépose son passager devant la porte de Madeleine. Antoine entre dans la maison, surpris de ce silence

inhabituel. La vieille dame n'est pas dans son fauteuil, elle a dû partir se coucher à 21 heures tapantes, comme toujours depuis soixante-deux ans. Antoine est déçu. Cochonnerie de retard d'avion, qui lui a fait rater sa correspondance à Munich ! Et saleté de batterie de téléphone qui l'a planté pile quand il voulait prévenir Madeleine ! Il pose son sac à dos contre le mur et se dirige vers la chambre de sa grand-mère. Il aperçoit tout à coup un pied vêtu d'une pantoufle usée qui dépasse derrière la table basse du salon. Il se précipite : c'est Madeleine. Elle git immobile sur le sol, les yeux clos, un sourire heureux sur les lèvres. La belle pendule en bronze repose à ses côtés, les aiguilles arrachées et le mécanisme démonté. Les tripes à l'air. Irrémédiablement muette.

Le médecin l'avait dit : pas trop d'émotions, ça pourrait la tuer.

# L'allégresse du chasseur

*Nouvelle publiée en 2019 à l'issue d'un concours,
dans un recueil sur le thème « Métamorphoses »
édité à l'occasion de la 18e édition du Festival du polar
« Mauves en Noir » à Mauves-sur-Loire*

Seule, enfin seule. Elle pousse un profond soupir de satisfaction en parcourant des yeux la petite chambre dans laquelle elle vient de passer sa première nuit. Pendant quelques instants, elle contemple par la fenêtre l'océan Atlantique qui miroite sous le soleil de printemps. Elle caresse du plat de la main l'édredon moelleux recouvrant le lit bateau, puis se tourne vers la robuste armoire en chêne, dotée d'un miroir sur chaque porte, et se plonge pensivement dans son propre reflet. Elle détaille sévèrement les rides amères apparues ces dernières années sur son front et au coin de sa bouche, le bleu de ses yeux qui semble s'être terni au fil des intempéries de sa vie, ses lèvres fines serrées dans une expression d'éternelle ironie. À 41 ans, ses joues sont déjà creusées et un certain nombre de fils blancs se sont invités dans sa chevelure brune, maintenue dans une queue de cheval sans apprêt. Son long corps étroit semble également un peu négligé : dépourvu des tailleurs élégants qui d'ordinaire lui tiennent lieu de colonne vertébrale, il semble flotter dans la tenue d'étudiante qui le revêt à présent. Vieux jean, pull à col roulé et baskets, elle est loin, la *Wonder Woman* parisienne ! Oui, loin et assez proche aussi…, constate Patricia, songeuse.

Ce break était une bonne idée. Voire une véritable planche de salut. Ce n'était plus possible de continuer. Se lever, se doucher, s'habiller, se maquiller, avaler un café trop chaud, se précipiter dans le métro, se ruer au bureau, organiser, manager, rédiger, négocier, communiquer toute la journée, pour reprendre le soir le métro en sens inverse, regagner son studio et s'écrouler avec des cachets pour dormir, avant de reprendre, encore et encore, la funeste ronde du métro-boulot-dodo. Non, ce n'était plus possible.

C'est l'une de ses rares amies, Colette, qui travaille dans une tour de La Défense proche de la sienne, qui avait fini par s'alarmer de l'extrême fatigue de Patricia. Elle lui avait d'abord suggéré, puis intimé l'ordre d'aller se mettre au vert, ou plutôt à la mer, en lui tendant les clés de sa petite maison de vacances à l'île de Ré. Ce sont l'idée d'une île et d'un isolement salvateur, et puis ce nom à la consonance joyeuse de note de musique, qui avaient décidé Patricia à accepter l'invitation de son amie. Une petite escapade au bord de l'océan, en ce mois d'avril qui lui garantissait l'absence de touristes affublés de bikinis, de parasols et d'enfants braillards… Après tout, pourquoi pas ?

En quelques jours, l'affaire avait été réglée : la demande exceptionnelle de congés acceptée, les dossiers urgents confiés, la concierge prévenue et les bagages bouclés. Patricia avait pris le TGV à Montparnasse, direction La Rochelle, comptant les heures avec l'impatience d'une fillette partant pour la première fois voir la mer. Mais cette ligne de train est toujours très fréquentée et ce fut avec soulagement que la jeune femme monta dans une navette quasiment vide reliant La Rochelle aux Portes-en-Ré. Le sourire aux lèvres, elle arpenta avec sa valise les rues désertes du village, admirant l'enfilement de petites maisons de carte postale, aux façades blanches et aux volets bleus, avec leurs murets en pierre de pays, leurs toits recouverts de tuiles en terre cuite et leurs jardinets propices à la sieste l'été. Elle observa avec satisfaction que tous les volets étaient clos, les portes fermées et les plantes à l'abandon dans leurs pots de céramique indigo. Nulle trace de vie humaine. Pas un aboiement ni un cri de goéland. Seul le vent, soufflant à travers les ruelles, troublait par instants le silence opaque. Même les célèbres roses trémières n'ornaient pas encore les ruelles, attendant juillet pour étendre leurs longues tiges à têtes multicolores. Une brume marine semblait ensevelir l'île sous un linceul léger. Un vrai village fantôme, c'est exactement ce que je cherchais, souffla Patricia, ravie.

Après avoir un peu erré dans le dédale des rues sans quiconque à qui demander son chemin, elle finit par trouver la maison de Colette, au 5 passage du Gué, grâce aux indications que lui avait données son amie. Il s'agissait d'une jolie petite construction typique de l'île de Ré. La jeune femme dut ôter une toile d'araignée de la serrure pour y glisser une grosse clé en fer forgé, avec l'étrange impression de réveiller une princesse endormie. Après avoir tâtonné dans le noir pour trouver le boîtier électrique, elle s'émerveilla en allumant le plafonnier. La maison était petite mais pleine de charme. Carrelage en tomettes rouges, parquet en bois massif, cheminée rustique, poutres apparentes, mobilier ancien et décoration un peu désuète de napperons en dentelle et de tableaux paysagers, tout concourait à procurer aux hôtes un sentiment de bien-être et de douceur. Comme dans les publicités de magazines, Patricia allait pouvoir se lover sur un vieux divan en velours, recouvert de coussins, avec un bon livre au coin du feu. Un véritable petit coin de paradis, sourit-elle. Et elle adopta aussitôt les lieux.

La jeune femme émerge de sa première nuit dans la maison, surprise et comblée : comment, pour une fois, elle n'a pas eu besoin de cachets pour dormir plusieurs heures d'affilée, sans se réveiller sous le coup d'une terreur nocturne, d'une angoisse liée au travail ? Libérée de sa camisole chimique, elle vient de connaître ce que l'on appelle un sommeil réparateur : elle est fraîche et dispose, une sensation oubliée depuis longtemps. Elle reste quelques instants à savourer cette impression exquise en souriant au plafond. Les rayons de soleil pénètrent par la fenêtre de la chambre, la jeune femme décide de se lever et d'aller au plus vite glisser ses pieds nus sur le sable mouillé pour contempler la mer. Un jean, un pull, des baskets, et la voilà dehors.

« À moi l'océan ! », hurle-t-elle, se sachant seule, si merveilleusement seule dans ce village désert. Son rictus ironique a disparu, laissant place à un sourire éclatant. Elle exulte et se met à rire toute seule. Elle saute d'un pied, de l'autre, comme à la marelle. Une chanson lui revient, qu'elle entonnait avec ses amies en marchant en rythme, agrippées aux bras les unes des autres : « *Il était une bergère qui allait au marché... * » Elle trottine au milieu des rues désertes, chantant et riant tout à la fois, prise d'une sorte d'ivresse qui la fait tituber. Elle est ivre de joie, ivre de liberté, et ne se sent pas prête d'étancher sa soif. « *Trois pas, en avant, stop ! Trois pas en arrière, stop !* » Elle ne sait pas bien où est l'océan, mais qu'importe, on a tout notre temps, il ne doit pas être bien loin et de toute façon, sur une île déserte, on ne peut pas le rater !

Soudain elle croit deviner une silhouette noire à quelques mètres, au détour d'une ruelle. Elle ne serait pas seule, finalement ? Déçue et intriguée, elle s'avance de quelques pas, mais rien. Attend un peu, reprend sa route, hésitante. Plus envie de chanter. Cette ombre fait tache dans son ciel bleu, c'est une fausse note dans sa mélodie du bonheur. Qui cela peut-il bien être ? Un voisin, une vieille autochtone, un enfant ? Ou même un animal ? Comme en réponse à sa question, elle sent subitement une présence derrière elle et fait volte-face : ses yeux rencontrent ceux d'un grand chien noir efflanqué. Est-ce un dogue allemand ou un loup ? Il a le poil assez court, luisant, l'œil féroce, une mâchoire puissante et des babines retroussées sur une sorte de rictus mauvais. Il l'observe sans bouger, le silence troué uniquement par son léger halètement. La gorge nouée, Patricia retient sa respiration. Ne pas avoir peur, les bêtes sentent cela. Elle réalise qu'elle est seule et que ce n'est peut-être pas aussi merveilleux que cela. Une peur glacée commence à s'insinuer dans son esprit et à irradier dans tout son corps. Heureusement, le chien disparaît brusquement, aussi subitement qu'il était apparu. Il a dû tourner au bout de cette venelle. Mais si Patricia ne le voit plus, elle croit encore entendre son souffle rauque, malveillant. Il reste aux aguets, il semble attendre quelque chose, mais quoi, oui quoi ? Affolée, le cœur battant à tout rompre, Patricia repart et n'a qu'une hâte : retrouver la sécurité de la maison de Colette, vite, s'y enfermer à double tour et ne plus en sortir. Mais toutes les ruelles de ce patelin se ressemblent, elles se croisent et s'entrecroisent, elles s'appellent toutes « chemin de la mer », « route de l'océan », « rue de la plage ». Comme dans un horrible jeu vidéo en 3D, Patricia tourne, encore et encore, sans parvenir à se repérer. Et ce vent, pourquoi souffle-t-il maintenant si fort ? Est-ce tout droit puis à droite, ou au fond à gauche, elle ne se souvient plus. Elle se maudit de s'être laissée aller à ses délires enfantins en quittant la maison de Colette. Plus du tout envie de jouer ! Elle tente une première direction, mais se retrouve acculée dans une impasse. À nouveau, elle entend un frémissement derrière elle - cette fois elle en est sûre -, qui la terrifie. Elle s'enfuit. Elle ne marche plus, elle court, s'engage dans une autre ruelle, mais elle entrevoit une ombre noire qui la frôle comme pour la narguer, avant de disparaître derrière un muret. Mais où est cette fichue maison ? Elle ne se souvient pas avoir eu aussi peur depuis sa dernière présentation professionnelle devant deux cents managers chevronnés, un supplice, il y a cinq mois de cela.

Patricia galope à toutes jambes à travers l'entrelacs de rues, de ruelles et de jardinets des Portes-en-Ré. Et le vent, ce fichu vent qui la gifle en hurlant ! Sans le voir, elle sent le sale cabot qui l'accompagne sans effort, qui ne la lâche pas d'une semelle. C'est tout juste si elle ne sent pas ses ignobles pattes se poser sur son échine. À chaque fois qu'elle pense l'avoir semé, elle croit voir l'éclat de ses crocs, percevoir son haleine fétide ou son souffle puissant. Mais il ne l'attaque pas. Il se contente de la suivre. Il veut la rendre folle de peur, l'obliger à quitter son île.

Elle reconnaît enfin le passage du Gué ! Les numéros impairs défilent devant son regard fiévreux : 9, 7, 3… Mais où est le 5 ? Elle rebrousse chemin et tout à coup, la maison de Colette est là, avec son numéro 5 à demi effacé sur la petite plaque de céramique. Patricia ouvre frénétiquement la porte, se précipite à l'intérieur et referme à clé en respirant fébrilement. Enfin sauve ! Pantelante, le corps trempé de sueur et l'esprit en fusion, elle se jette sur le divan du salon, reste prostrée de longues minutes, se couvrant les yeux et les oreilles avec des coussins pour éloigner d'elle l'horrible bête. Chasser de sa tête cette gueule immonde, ce regard méchant, cette longue queue de diable. Ne plus entendre son halètement infâme, ni le vent violent. Effarée, elle sent peu à peu les larmes lui monter aux yeux, un désespoir d'enfant l'envahit. Allons, allons, ce n'était qu'un vulgaire chien errant, pourquoi se mettre dans un état pareil ? Au prix d'un puissant effort de volonté, elle parvient à retrouver un semblant de calme. Elle retire son ciré, puis ses habits humides d'angoisse, et retourne de longues minutes sous un jet de douche brûlant pour évacuer les derniers relents de peur. À présent apaisée, elle peut repenser au chien noir de façon rationnelle. Si toutefois il s'agit bien d'un chien. D'ailleurs pourquoi lui fait-il un tel effet ? Elle se dit soudain que cette sale bête incarne tout ce qu'elle redoute depuis qu'elle est petite : être terrassée et dévorée toute crue par quelque chose de plus fort qu'elle, qui la domine.

Le premier chien noir de sa vie, ce fut sans aucun doute son frère Paul, de deux ans son aîné. Pire qu'un chien, une vraie teigne celui-là, avec le costume d'un gentil labrador. Le grand, le beau, le brillant Paul, dont leur mère parlait toujours avec emphase, sa voix tremblant d'une incommensurable fierté. Et Paul par ci, et Paul par là... Timide et effacée, Patricia se contentait d'exister comme elle le pouvait dans l'ombre de ce frère magnifique. Mais c'était déjà trop pour le garçon qui, sous les airs d'un enfant doux et attentionné, cachait une âme jalouse et cruelle. À toute occasion, il profitait de moments d'absence de leurs parents, ou d'un manque de vigilance de leur part, pour pincer les bras de Patricia, lui tirer brutalement les cheveux ou lui susurrer des remarques blessantes, pour le seul plaisir de lui arracher des larmes de douleur et de honte. Lorsque leur mère remarquait par hasard ses yeux gonflés, elle haussait un sourcil méprisant en lâchant un « Ma pauvre Patricia, qu'est-ce qui t'arrive encore ? Tu ne vas pas recommencer ton cinéma ! », ou quelque chose de ce genre, qui arrêtait net toute tentative d'explication...

Toute la rage et la frustration qu'elle avait accumulées depuis son enfance, elle les mit alors au service de ses études, qu'elle finit brillamment, puis de son ambition professionnelle. Pulvérisant un à un les échelons du service commercial où elle était entrée comme stagiaire, Patricia obtint à trente-sept ans le poste très convoité de responsable grands comptes. Elle connut alors plusieurs mois de félicité absolue. Elle dirigeait, décidait, décrétait : qui méritait une promotion ou non, qui pouvait prétendre à telle mission ou à telle autre ; elle faisait et défaisait les carrières dans l'entreprise. On la flattait, on la craignait. Elle découvrait le bonheur d'être du bon côté du fouet, juste retour des choses après des années de brimades… Mais trois ans plus tard, apparut un doberman aux allures de gentleman : Jacques, jeune premier tout droit sorti de son école d'ingénieurs, le front lisse fourmillant d'idées novatrices, le costume sombre parfaitement ajusté et la dentition immaculée prête à déchiqueter le plancher. Fils du directeur financier, il avait été propulsé au poste d'adjoint de Patricia, sans qu'elle ait eu son mot à dire. Conjuguant adroitement opérations de séduction, fourberies rondement menées et petites phrases assassines, Jacques parvint en quelques mois à discréditer le travail de Patricia tout en s'attribuant ses succès. Bientôt, le plateau ne bruissait plus que de louanges à propos de Jacques et de vives critiques à l'encontre de Patricia. Plus elle s'acharnait à défendre son image et son poste, plus ce salaud de Jacques étendait son emprise sur elle et sur le service, marquant férocement son territoire.

Il ne s'adressait plus à elle qu'en grognant ou aboyant. Elle devenait folle, littéralement folle.

« Plus jamais ça », murmure-t-elle, avant de gronder hargneusement : « Plus jamais je ne me laisserai intimider par un sale chien noir ! Désormais, c'est moi qui mordrai la première ! » Déterminée, elle se drape dans son peignoir en coton et se dirige vers l'armoire de la chambre pour en sortir une nouvelle tenue. Mais elle est stoppée nette dans son mouvement par son reflet dans le miroir de la porte : au-dessus du col en éponge, à la place de son fin visage pâle encadré de cheveux mouillés, c'est une monstrueuse tête sombre et velue qui la regarde fixement, un léger filet de bave coulant de sa gueule, au coin de ses canines acérées. Et dans ses yeux brillants de haine, elle lit l'allégresse du chasseur, lorsqu'il s'apprête à fondre sur sa proie.

# Qui ?

Le lundi 5 novembre 2018, l'agent funéraire procéda à l'ouverture du cercueil pour l'exhumation, il était vide.

Après avoir vérifié que non, vraiment, il n'y avait pas le moindre vestige d'ossements à l'intérieur du catafalque, l'expert étouffa un juron – si c'était une plaisanterie, elle était vraiment de mauvais goût ! Puis il balaya l'assistance d'un regard perplexe. Une assistance limitée au strict minimum, à la demande de la famille du défunt : n'étaient présents à l'aube de ce frileux matin d'automne que le conservateur du cimetière, l'agent funéraire chargé d'extraire le cercueil puis de l'ouvrir, l'expert mandaté par le juge d'instruction, ainsi que Bruno et Hubert Morley, les fils du défunt, enfin Élise Lesage, à l'origine de cette démarche.

Ils se tenaient tous les six autour du cercueil dans un coin isolé du cimetière, à l'abri des regards indiscrets. La date et l'heure de l'exhumation étaient restées strictement confidentielles, les journalistes avaient été écartés, la renommée du défunt ne devant pas rendre l'événement plus pénible qu'il n'était déjà.

L'humeur n'était de fait pas à la plaisanterie. Passée la stupeur générale, dans un silence pesant, les membres de cette réunion bien particulière se trouvaient agités de pensées très variables en fonction de leur rôle dans cette affaire. Tandis que le conservateur du cimetière et l'agent funéraire se frottaient nerveusement les bras en s'inquiétant d'éventuelles poursuites après la disparition du corps – tout de même, un mort, ça ne s'envole pas comme ça ! –, l'expert dansait d'un pied sur l'autre, contrarié par le retard qu'il allait prendre dans son agenda bien rempli. Et pendant que les frères Morley arboraient un visage calme, presque détendu, Élise semblait désemparée.

Était-elle triste ? Non, pas vraiment. En colère ? Oui, sans doute. Tout ça pour ça ! Au cours des dernières années, tout ce cirque juridique, cet arsenal administratif, ce tsunami émotionnel, pour aboutir à quoi ? Au vide. Au néant. A rien. C'était vertigineux. Et en même temps, elle sentait monter en elle un sentiment contradictoire, une sorte de… oui, une sorte de soulagement. Comme si ce rien final rendait d'un seul coup tous ses doutes et ses certitudes complètement caduques, sans fondement, hors sujet. Comme si la messe était dite et qu'il était temps de passer à autre chose. D'orienter sa barque vers de nouveaux rivages. D'échapper enfin à l'ombre des Morley.

Mais lorsqu'elle croisa le regard de Bruno, qu'elle perçut une lueur de victoire derrière ses élégantes lunettes à écailles, elle retrouva immédiatement sa combativité. Non, ce n'était pas possible, elle n'allait pas les laisser s'en tirer si facilement. Il fallait qu'elle fasse reconnaître ses droits, envers et contre tout. C'était une question de respect, presque de vie et de mort. D'un pas décidé, elle se planta à quelques centimètres des deux frères et leur lança, cinglante :

— Alors, satisfaits ?

— Mais de quoi ? lui répondit Hubert, avec un étonnement feint.

— Vous pensez avoir gagné, hein ? Mais je vous préviens, je ne vous laisserai pas faire !

— Mais enfin, ma pauvre Élise, tu débloques complètement, railla Bruno. Ce n'est quand même pas nous qui sommes allés déterrer Papa en cachette !

— Ah non, beurk ! s'esclaffa Hubert. Tu nous imagines déguisés en fossoyeurs, nous rendant dans le cimetière la nuit, cagoulés et armés de nos pelles, en compagnie des fantômes et des loups-garous ? Houuuuuuuuuuuuuuh !!!

Les deux hommes riaient maintenant à gorge déployée, mimant la scène et feignant la terreur, ce qui semblait particulièrement inconvenant dans ces circonstances ; mais les frères Morley n'étaient pas à une inconvenance près. Excédée, la jeune femme les foudroya du regard et s'éloigna en leur promettant de faire au plus vite la lumière sur cette affaire. Les deux employés du cimetière et l'expert ne tentèrent pas de la retenir, ne sachant pas eux-mêmes comment conclure cet épisode navrant.

Alors qu'elle longeait les tombes du cimetière et que les premiers visiteurs arrivaient, chargés de pots de chrysanthèmes en cette période de Toussaint, Élise aperçut au loin une femme âgée, qui sembla vouloir se cacher à sa vue en se glissant derrière un if. Ce port altier, ces traits sévères, cette mise élégante : aucun doute, il s'agissait là de Jacqueline Morley, la veuve de Charles, la mère de Bruno et Hubert. Élise hâta le pas pour la rejoindre.

— Madame Morley, je vous en prie, attendez !

— Je n'ai rien à vous dire, Élise, vous avez fait suffisamment de mal à ma famille comme cela.

Le visage de la vieille dame n'exprimait que mépris et fureur contenue.

— Madame Morley, je n'ai jamais voulu faire de mal à quiconque, vous le savez bien. Je demande juste à être enfin reconnue, dans tous les sens du terme !

— Quand vas-tu enfin nous laisser tranquilles avec tes fariboles ? (Elle était passée inconsciemment au tutoiement) Voilà des années que tu nous harcèles ! Et maintenant, tu viens troubler le repos de mon cher Charles en osant extirper sa dépouille de sa tombe ! Mais quelle diablesse es-tu ?

Elle accompagnait ses paroles de mimiques mélodramatiques, probablement empruntées à Sarah Bernhard. Une vraie famille de comiques troupiers, ces Morley.

— J'aurais tellement préféré ne pas en arriver là, Madame, mais vous ne m'avez pas laissé le choix ! Le témoignage de ma mère, les lettres et photos qu'elle a gardées de votre mari, ma ressemblance frappante avec lui, rien ne vous semblait une preuve suffisante…

— On a toujours le choix, jeune fille ! Et ce que tu appelles des preuves ne sont que les fantasmes d'une femme frustrée et de sa fille croqueuse d'héritage ! Me voilà bien remerciée d'avoir eu la bonté d'accueillir ta mère au sein de notre famille, cela m'apprendra à avoir bon cœur, tiens…

— Vous ne l'avez pas à proprement parler accueillie, vous l'avez employée en tant que nourrice. Et vous n'avez jamais eu à vous plaindre de son travail, semble-t-il.

— Oui, soit, mais se comporter comme une gourgandine et essayer ensuite de mettre le grappin sur notre fortune, tu trouves cela correct, toi ? Sur ce, excuse-moi, mais je dois retrouver mes pauvres fils, probablement traumatisés par ce que tu leur as imposé de voir. C'était au-dessus de mes forces d'assister moi-même à cette profanation. Que je pleure mon cher mari ne te suffisait pas, il a fallu que tu m'infliges de violer sa mémoire…

Elle faisait mine d'essuyer ses yeux, mais ce rôle de veuve éplorée avait décidément un côté surjoué.

— Oui, enfin, grommela Élise, je ne crois pas que le spectacle les ait vraiment traumatisés, puisque précisément il n'y avait rien à voir…

— Comment cela ? répliqua vivement Jacqueline Morley.

— Vous le savez bien, j'imagine : le cercueil était vide…

— Vide ? Mais comment est-ce possible ?

Elle avait l'air sincèrement surprise.

— Je vous retourne la question, Madame Morley… Je connais votre détermination, ainsi que la puissance de votre argent et de vos relations, je ne mettrai pas longtemps à découvrir ce qu'il s'est passé et ce que vous avez fait des restes de votre mari. Je vous avoue que je ne pensais pas que vous en arriveriez à de telles extrémités pour empêcher la vérité d'éclater…

— Mais nous n'y sommes pour rien, jeune fille ! Absolument pour rien ! Cette histoire est aussi incroyable qu'épouvantable ! Mais qui a pu voler la dépouille de mon cher Charles ? Qui ?

Cette fois, ses larmes étaient réelles. Son corps s'affaissa et elle sembla tout à coup avoir vieilli de dix ans. Élise comprit que la vieille dame n'était pas coupable de la disparition du corps. Elle la laissa repartir, fragile et vacillante, en direction de ses fils.

Mais alors, oui : qui ? Qui pouvait avoir un quelconque intérêt à s'emparer des restes du défunt ? Bruno et Hubert étaient à la réflexion trop intelligents et rationnels pour prendre un tel risque, même si bien entendu cette disparition les arrangeait. Leur mère ? Elle était à l'évidence hors du coup. L'expert ? Difficile à imaginer. Les agents funéraires ? Ils risquaient trop gros : la perte de leur travail, une peine de prison, etc.

Qui, qui, qui ? Élise n'en finissait pas de formuler la question à voix basse, sans trouver de réponse satisfaisante. Les visages des Morley défilaient comme un carrousel dans son esprit, semblant la narguer. Elle quitta le cimetière et décida de se rendre directement chez sa mère, qui perdait un peu la tête depuis quelque temps mais avait bien compris ce qui avait lieu ce jour-là. Elles avaient eu une conversation un peu tendue quelques semaines plus tôt, lorsqu'Élise avait obtenu du juge, puis du maire, l'autorisation d'exhumation du corps de Charles :

— Mais enfin, ma p'tite fille, quelle idée horrible ! Ne peux-tu laisser ce pauvre Charles tranquille ?

— Maman, ce pauvre Charles, comme tu dis, est a priori mon père et c'est la seule façon de le prouver !

— Mais on n'a pas besoin de preuve, on le sait et cela suffit.

— Toi tu le sais, mais les autres non, et moi j'ai besoin aussi de cette preuve irréfutable pour affermir mon identité.

— Pfffff… Cela ne te suffit pas de savoir que tu es le fruit d'une merveilleuse histoire d'amour ? Je te regarde et je vois les yeux de ton père. Tu es son portrait craché. Je t'ai déjà montré sa photo ? Il était tellement beau ! Et ses lettres… il était tellement brillant et m'écrivait de si jolies choses ! Et sa…

— Maman, arrête s'il te plait ! Tu m'as déjà dit et montré tout cela des centaines de fois. Je ne suis plus à convaincre. Mais je veux aujourd'hui que les Morley me reconnaissent comme faisant partie des leurs. Non pas pour leur argent, dont je n'ai que faire, mais pour me sentir légitime et non plus fille cachée. Si seulement tu m'avais confié ce secret sur ma naissance du vivant de Charles, on n'en serait pas là…

— Laisse tomber ce projet horrible, ma chérie, je ne supporte pas l'idée que tu déshonores mon grand amour…

Élise avait maintenu sa position, en dépit de la colère des Morley et de la désapprobation de sa mère. Elle attendait avec un peu de crainte mais beaucoup d'impatience ce moment où, grâce à l'exhumation, on pourrait réaliser des tests génétiques qui prouveraient enfin au monde entier qu'elle était la fille de Charles Morley. Mais maintenant, tout était fichu. Pas de dépouille, pas d'ADN. Et pas d'ADN, pas de test génétique, donc pas de preuve de paternité.

Au moment où elle arrivait chez sa mère, Élise se sentait profondément abattue. Elle trouva la petite femme frêle, aux longs cheveux blancs comme neige remontés en chignon et à la robe à fleurs impeccable, assise dans sa cuisine. Sur sa table, face à elle, quelques photos décolorées et une dizaine de lettres ouvertes dont Élise reconnut instantanément l'écriture penchée : c'étaient celles de Charles, envoyées à l'époque de leur liaison, qui avait somme toute été assez brève, dix mois tout au plus. Ils s'étaient apparemment séparés peu après la conception d'Élise. Sa mère avait démissionné de son emploi de nounou chez les Morley, caché à Charles sa grossesse, puis disparu complètement de sa vie. Il n'avait jamais été informé de l'existence d'Élise. Ce n'est qu'après la mort du patriarche que la jeune femme avait obtenu son nom et ses coordonnées. Toute frémissante de se découvrir une famille, elle avait alors tenté de se rapprocher des Morley, avait pris rendez-vous à plusieurs reprises avec eux, mais avait été à chaque fois rejetée, menacée des pires représailles si elle insistait. Ce qui avait abouti, des années plus tard, à cette demande d'exhumation… qui tournait court.

Les larmes aux yeux, Élise se penchait vers sa mère pour l'embrasser lorsqu'elle remarqua soudain une sorte de vase, qu'elle n'avait jamais vu auparavant, posé sur la table de la cuisine, à côté des photos et des lettres de Charles. Un vase, ou plutôt une urne, flambant neuve, en laiton. Elle approcha sa main vers l'objet, mais sa mère lui tapota gentiment sur les doigts en disant gaiement :

— Ma chérie, pas touche, c'est précieux ! Puisque tu ne voulais pas m'écouter, j'ai pris mes dispositions pour honorer la mémoire de Charles comme il se doit. Ne me demande pas comment j'ai fait, je ne m'en souviens plus ! Je sais juste que le plus compliqué a été de le faire entrer là-dedans, mon pauvre chéri... Mais voilà, je peux enfin faire les présentations comme il se doit : Charles, je te présente ta fille ; Élise, je te présente ton père !

Un sourire rayonnant aux lèvres, la vieille dame caressa avec tendresse l'urne dorée.

# Chut, c'est un secret

Je les vois. Pour en être sûre, je me frotte les yeux trois fois en les fermant très fort, mais quand je les rouvre, ils sont toujours là. Papa et la jolie voisine qui s'est installée dans la rue l'été dernier. Dans le vieux café de la rue Taillebarbe, assis tout au fond, côte à côte sur la banquette en velours rouge usé. Papa la serre fort contre lui et elle a l'air d'aimer ça. Elle le regarde avec un grand sourire qui me fait mal, parce que ça fait longtemps que je n'ai pas vu Maman sourire comme ça.

Pas depuis que.

C'est vrai qu'elle est canon, la voisine. Elle est grande, mince, elle a de beaux yeux bleus et de longs cheveux blonds. Elle porte des petites robes courtes qui mettent en valeur ses gros seins et ses longues jambes. Elle rit beaucoup et a toujours l'air contente, même quand son fils Germain fait des bêtises.

Maman aussi, elle était belle et elle riait beaucoup. Avant que.

Ils ne me voient pas. Dans leur petit coin, ils se croient seuls au monde. Mais moi, je passe tous les mercredis par la rue Taillebarbe en revenant de la danse et j'aime regarder à travers les vitrines, alors je ne pouvais pas les manquer. Et mon papa, je ne pourrais le rater pour rien au monde, avec son mètre quatre-vingt-dix et sa belle barbe brune. Et ses yeux incroyables ! Quand il me regarde, je me sens la plus belle petite fille du monde.

Enfin, ça fait un moment qu'il ne m'a pas regardée comme ça.

Maintenant, il lui attrape le cou et l'embrasse sur la bouche, comme au cinéma. Mais là, c'est trop dur, je tourne la tête. J'ai envie de vomir. Ou de pleurer, je ne sais plus. Je me sens mal, j'ai mal au ventre, chaud. Et puis, c'est le trou noir.

Je me réveille allongée sur la banquette en velours, le visage inquiet de Papa au-dessus de ma tête et ses mains qui me caressent les cheveux. La voisine est assise à quelques centimètres de nous sur une chaise, l'air mal à l'aise, forcément. Saleté de Barbie. Si elle pouvait disparaître comme par magie, ce serait trop bien. Mais elle reste là, bêtement, à regarder ses ongles rouge vif.

Ce n'est pas Maman qui se vernirait les ongles comme ça.

Je repousse brutalement les bras de Papa, saute sur mes pieds, me précipite hors du café sans écouter ses cris. Je cours, cours, sans m'arrêter jusqu'à la maison. Je glisse ma clé dans la serrure et m'arrête quelques instants dans l'entrée pour reprendre mon souffle. Puis je dépose mon sac de danse sur la dernière marche de l'escalier et entrouvre délicatement la porte du salon. Maman est assise toute droite sur le canapé, le regard vide, comme tourné à l'intérieur d'elle-même. Elle n'a pas bougé depuis que je suis partie il y a deux heures. Enveloppée dans son éternelle robe de chambre en polaire jaune, les cheveux sales dégoulinant sur son visage de noyée, elle frotte ses mains l'une contre l'autre en silence. Elle ne me voit pas, elle ne m'entend pas, elle est perdue dans son monde. Avec Louise, sûrement. Inséparables, ces deux-là.

Non, ce n'est pas de ma faute.

Ce jour-là, Maman était partie faire une course et j'étais invitée à jouer chez Tina. On avait prévu de bien s'amuser, mais Papa m'a forcée à emmener Louise avec moi. Ras-le-bol de traîner ce boulet partout. J'ai pris mon vélo dans le garage et foncé en douce vers la maison de Tina. J'ai pédalé, pédalé sans me retourner. Mais Louise, avec ses petites jambes, a couru derrière moi. Tout à coup, j'ai entendu un grand crissement de freins et un bruit sourd. Ma petite sœur a volé sur le trottoir et la première chose que j'ai vue, c'est sa belle robe de princesse tachée de sang.

Plus de Louise. Plus jamais.

J'ai raconté en pleurant à Papa ce qui s'était passé. Il m'a prise dans ses bras et m'a demandé de ne pas dire à Maman la vérité. Ce serait trop dur pour elle.

Chut, c'est un secret.

On a expliqué que Louise était partie toute seule, sans prévenir, que c'était la faute du destin. « Il a bon dos, le destin ! », a hurlé Maman en regardant Papa droit dans les yeux. C'est la dernière fois que j'ai entendu le son de sa voix. Depuis, elle est là mais elle n'est plus là. Le docteur dit qu'elle traverse une grave dépression et que cela prendra du temps.

Prends tout ton temps, Maman. Jusqu'à ce que.

Papa arrive à la maison. Il s'approche de moi avec l'air de quelqu'un qui a fait une grosse bêtise. Il me tend les bras pour que je vienne contre lui, tout contre, comme on aime tous les deux. Au début, je ne veux pas, je suis trop en colère. Mais quand il me regarde avec ses grands yeux brillants de pluie, je fonds. Alors on s'assoit sur le canapé, j'attrape la main de Maman pour la glisser dans la sienne, et je murmure :

« Chut, c'est notre secret. »

# Le coucou

Elle a emménagé dans le pavillon d'à côté en avril, il y a à peine six mois, on dirait une éternité. Je me souviens de chaque détail de son arrivée, comme un film que je me repasse encore et encore dans la tête, les yeux fermés. Je me souviens de tout : le rouge éclatant des tulipes, l'or des forsythias, l'odeur sucrée des magnolias, le parfum puissant des jacinthes, le ciel sans nuages bercé d'une brise douce, le pépiement joyeux des passereaux affairés à construire leur nid...

J'étais dehors, occupée à arracher les mauvaises herbes de mon allée, lorsque j'ai vu le camion de déménagement se garer le long du trottoir des voisins, suivi de près par une Austin mini noire dernier cri, immatriculée 75. Une silhouette longiligne est sortie de la voiture. D'abord une paire de jambes couvertes d'un jean et chaussées de bottines noires à talon. Puis un buste revêtu d'un pull en fine laine blanche. Enfin, une longue chevelure auburn s'est dégagée du véhicule, secouant ses boucles épaisses dans l'air printanier.

C'est alors qu'elle a tourné son visage vers moi. Que j'ai vu pour la première fois ses yeux d'un vert profond. Elle m'a jaugée pendant quelques secondes sans rien dire, avant de se fendre d'un large sourire.

— Bonjour ! m'a-t-elle lancé, je suis Margot, votre nouvelle voisine !

— Enchantée, ai-je lâché avec empressement, je vous souhaite la bienvenue dans notre belle Normandie ! Vous verrez, c'est un quartier très agréable, tout-le-monde s'entend plutôt bien et…

Mais la jeune femme avait déjà tourné les talons pour apostropher les déménageurs. Je me retrouvais plantée dans mon jardin les bras ballants, les cheveux dans les yeux et les ongles pleins de terre.

Le lendemain matin, elle s'est présentée à ma porte, lumineuse et les bras chargés d'une grande corbeille de viennoiseries. « Je me suis dit que ce serait sympa d'apprendre à se connaître, m'a-t-elle dit. Et rien de tel qu'un bon petit-déj entre copines, n'est-ce pas ? » Tout en parlant, elle s'avançait déjà vers ma cuisine. Copines ? J'ai trouvé qu'elle allait un peu vite en besogne. Quant aux croissants qui me faisaient sournoisement de l'œil, je les ai regardés en poussant un soupir d'abdication, pensant à mon régime auquel j'allais une fois de plus infliger une entorse. Consciente de mes bourrelets disgracieux, je lorgnais avec envie la sveltesse de celle qui s'invitait chez moi.

Sans même que je m'en rende compte, cela devint un rituel. Avec une ponctualité de ministre, elle venait chaque matin me retrouver, rapportant de la boulangerie des douceurs chaudes et sucrées, ainsi que toutes sortes d'anecdotes plus amusantes les unes que les autres. Puis elle se mit à passer à toute heure, m'offrant de partager tantôt une bonne bouteille de vin, tantôt un gâteau qu'elle avait confectionné. Flattée qu'elle s'intéresse à ce point à moi, je n'osais pas lui dire que si mon métier de traductrice me permettait de travailler à la maison, j'étais précisément censée travailler. Je rattrapais mon retard au prix d'insomnies épuisantes. Et d'ailleurs, quelle était sa profession à elle ? Je ne savais rien de sa vie, elle ne livrait aucun détail personnel... Tout ce que je pouvais constater, c'est qu'elle avait du temps et de l'argent. Jamais elle ne recevait chez elle, ni moi ni personne. Mais je n'avais pas envie de l'importuner avec ma curiosité : je prenais conscience de la grande solitude qui avait été la mienne jusqu'alors et savourais cette amitié naissante.

Un soir, elle se trouva nez à nez avec Antoine, mon mari, qui revenait du bureau. Je lui avais déjà parlé d'elle à maintes reprises, mais il ne l'avait encore jamais rencontrée. Et pour être honnête, il trouvait ce nouveau voisinage un peu envahissant dans ma vie. J'assistais à la scène par la fenêtre de la cuisine. Je vis Antoine d'abord surpris, puis légèrement contrarié lorsqu'elle se présenta. Ils discutèrent et très vite, elle le dérida en lui racontant quelque chose qui le fit rire. Au moment où Antoine ouvrait la porte de la maison, je l'entendis proposer :

— Venez donc prendre l'apéritif avec nous, depuis le temps que Florence me parle de vous !

— Merci Antoine, c'est adorable, mais je ne voudrais pas m'imposer…

Quelques instants plus tard, elle était assise sur notre canapé, sirotant un Martini qu'Antoine venait de lui servir avec un grand sourire. Je surpris le regard de mon mari s'attardant sur ses longues jambes étonnamment bronzées pour la saison. J'en conçus un pincement de jalousie que je réprimai aussitôt.

Petit à petit, elle vint de plus en plus souvent se joindre à nous le soir et le week-end. Antoine se précipitait pour lui ouvrir la porte et tout était prétexte pour la garder à déjeuner, à goûter ou à dîner. J'en étais également heureuse, tant Margot mettait du piquant dans notre routine de vieux couple. Nos vingt-cinq années de mariage ne nous avaient pas offert la joie de devenir parents et notre voisine, âgée de trente ans tout au plus, nous apportait une fraîcheur oubliée depuis longtemps. Elle était aussi drôle que cultivée et j'étais - malgré moi - aussi sensible qu'Antoine à sa beauté solaire, que je buvais du regard tout en me sentant terrassée.

Nous ne nous sommes pas quittés de l'été. Début septembre, nous avions prévu avec Antoine de retourner pendant une semaine dans la charmante petite maison de pêcheurs que nous avions l'habitude de louer chaque été sur l'île de Noirmoutier. Loin du bruit du monde, nous aimions nous retrouver tous les deux pour de longues balades en bord de mer. Apprenant nos projets de vacances, Margot a eu une moue triste et a murmuré :

— Veinards, j'aurais bien aimé venir avec vous !

— Et pourquoi pas ? a rétorqué Antoine en me lançant un regard interrogateur.

— Avec joie, ai-je conclu après un instant d'hésitation dont je me sentis immédiatement coupable. La pauvre, elle devait se sentir bien seule…

C'est ainsi que notre nouvelle voisine nous a accompagnés jusqu'à l'Atlantique et que nous avons passé un séjour entrecoupé de rires et de discussions enflammées. Lorsque nous nous promenions, Margot glissait le plus souvent sa silhouette longiligne entre nous. Je pris le parti d'en sourire…

Je profitai d'un moment où nous étions tous les trois assis sur le sable à contempler le coucher du soleil, pour enfin l'interroger sur son passé. Elle n'esquiva pas et répondit, les yeux tournés vers l'océan :

— J'ai été mariée pendant cinq ans à un homme qui m'a beaucoup fait souffrir. Je suis partie sans laisser d'adresse pour lui échapper… Heureusement, j'ai mis suffisamment de côté pour prendre le temps de me reconstruire. Si seulement j'y parviens…

Sa voix se brisa alors sur un sanglot, qui me parut un peu théâtral.

— Ne t'inquiète pas, dit Antoine en la serrant avec émotion contre lui, nous sommes là, nous ne t'abandonnerons pas.

Elle nous remercia avec effusion et je dus lutter contre l'envie de retirer ma main lorsqu'elle l'étreignit. Quelque chose dans son attitude commençait à m'irriter… Ce soir-là, je choisis d'aller dormir et de les laisser discuter ensemble, je n'entendis pas Antoine me rejoindre dans le lit.

A notre retour en Normandie, elle espaça curieusement ses visites. Lorsque je m'en étonnai auprès de mon mari, il haussa les épaules et me répondit qu'elle avait bien le droit, après tout, d'avoir sa vie et nous la nôtre. Un peu surprise, j'appréciais néanmoins ce revirement et me réjouissais de retrouver mon intimité et celle de notre couple. Elle continuait de venir de temps à autre à la maison.

Il y a une heure, je suis rentrée chez moi après mon cours de yoga. La nuit était presque tombée. En avançant dans l'allée, je les ai vus par la fenêtre illuminée, tous les deux confortablement installés sur notre canapé, regardant un épisode de *The Crown* à la télévision. Une série que nous adorions suivre ensemble, Antoine et moi. Elle caressait d'une façon curieusement tendre son ventre… dont je découvris soudain qu'il s'était légèrement arrondi.

« Coucou », ai-je soudain entendu juste à côté de moi. Levant les yeux vers un grand pin, j'aperçus sur une branche un oiseau de couleur fauve, doté d'une longue queue noire, de grandes ailes gris foncé, de pattes courtes et jaunes. Il me fixait de ses yeux bruns entourés d'un cercle clair et je crus déceler dans ses prunelles une lueur moqueuse. « Coucou », reprit-il férocement.

C'est au moment où je lui trouvais des airs de petit rapace que je réalisais qu'il s'était approprié le nid d'un couple de passereaux pour y couver ses propres œufs.

Alors, heureuse ?

« Alors, chérie, heureuse ? », lui demande Stéphane ce soir à son retour du bureau, en l'embrassant tendrement.

Heureuse… Comment pourrait-elle ne pas l'être dans ce joli pavillon de banlieue qu'ils viennent d'acquérir dans l'ouest parisien ? Dans une résidence à l'américaine toute neuve, entourées de grands jardins séparés par de simples haies pour, dixit le promoteur, faciliter la convivialité ? De fait, même les voisins ont l'air de sortir tout droit d'une publicité Kaufmann and Broad : charmants et ouverts, dotés d'enfants sains et bien élevés, ils ne manquent pas une occasion de vous saluer comme de vieux amis et de vous inviter à prendre un café. C'en est presque fatigant.

Chaque maison a été construite dans le respect des meilleures normes d'isolation thermique, phonique et environnementale. Stéphane a choisi en outre l'option numéro un, la plus chère, en matière d'équipement domotique. Leur nouveau *home, sweet home*, est un petit bijou de technologie, un modèle du genre. D'un simple effleurement du doigt sur une télécommande, Pauline peut allumer ou éteindre les lumières de la maison, ouvrir ou fermer les volets électriques, programmer les systèmes d'alarme, etc. Tout est automatisé, tout est sous contrôle. Et le contrôle, c'est important.

Discrète et réservée, la mise sobre et élégante, Pauline prend le temps de discerner avant d'agir et choisit ses mots comme ses tenues, avec grand soin. D'une grande rigueur morale, elle a fait siens les idéaux de Socrate : toujours tendre vers le Vrai, le Bien et le Beau. Des valeurs qu'elle tient à inculquer à ses enfants, Pierre et Louis, veillant scrupuleusement à leur éducation comme à leurs fréquentations. Rien ne lui fait plus plaisir que lorsqu'on lui dit que ses fils ont la tête « bien pleine et bien faite ». Et elle, dissimulant sa fierté, de répondre d'un ton léger : « Ah, vous croyez ? Mais vous savez, je n'y suis pour rien… » De fait, Pauline a tout sacrifié pour eux. Même si elle a un peu honte de parler de sacrifice, d'ailleurs jamais elle n'oserait prononcer ce terme à voix haute. Mais tout de même… Finie la carrière épanouissante dans l'édition après la naissance du deuxième, c'était mieux pour l'équilibre familial. Au revoir les ambitions professionnelles, remisées au fond du placard. *Bye bye* le quotidien stressant d'une cadre débordée, *welcome* dans le monde merveilleux des mères au foyer. Pauline est entrée dans cette nouvelle vie avec détermination, se lançant dans des cours de cuisine, de dessin ou de langue lorsque les enfants étaient à l'école ou à la garderie : une autre façon de remplir son quotidien.

C'est elle qui a suggéré à Stéphane de déménager. Leur trois-pièces parisien devenait vraiment trop étroit pour eux quatre. Elle rêvait d'un jardin avec un portique pour les enfants. Elle voulait une maison moderne, bien isolée, bien équipée. Elle a épluché un certain nombre d'annonces immobilières avant de trouver ce programme de construction à quinze minutes de La Défense en RER, une aubaine. Ils se sont précipités pour signer et après plusieurs mois d'attente impatiente ont enfin emménagé dans leur maison toute neuve.

Alors heureuse ? Oui, sans aucun doute. « C'est parfait, mon chéri, absolument parfait. » Pourquoi alors ce sentiment de malaise diffus depuis qu'ils ont emménagé ? Lorsque Stéphane et les garçons sont à la maison, tout va bien, Pauline se détend et aime relever mentalement les nombreux atouts de leur nouveau logement : un séjour spacieux et confortable donnant sur une jolie terrasse ensoleillée, une chambre pour chacun des enfants, une belle cuisine fonctionnelle… Et tous ces équipements électroménagers dernier cri ! Du super robot qui coupe, hache, tranche, râpe, pétrit, bat ou mixe, au système sophistiqué d'aspiration centralisée, on se croirait dans une réclame du siècle dernier à la gloire de la parfaite ménagère.

Mais lorsqu'elle se retrouve seule dans son décor de magazine, Pauline se sent oppressée par tous ces appareils « intelligents » et connectés. Exclue de leurs liens invisibles, intruse dans son propre foyer. Comme s'il se dégageait de leur connivence électronique une hostilité sourde. « Va-t'en, semblent-ils murmurer, tu n'es pas des nôtres. » Et Pauline doit prendre sur elle pour ne pas s'enfuir de sa maison à toutes jambes. Loin, très loin de cette armée au sang froid, aux artères électriques et au corps d'acier. *Tssss, trêve d'enfantillages ! Ne pas me laisser aller à ces angoisses puériles... Depuis quand les machines seraient-elles dangereuses pour l'homme ? Il n'y a que dans les films de science-fiction que l'on voit cela. Dans la vraie vie, elles sont là pour rendre service, c'est tout. Ce doit être le stress du déménagement qui me fait débloquer...*

Lorsqu'elle est assaillie par ces drôles d'idées, Pauline a trouvé la parade : elle secoue la tête pour les chasser, telles des mouches importunes, rajuste ses mèches brunes derrière ses oreilles et étire son long corps souple en inspirant puis expirant profondément, comme elle l'a appris à son cours de Pilates. *Stop !* Elle attrape un bon roman ou écoute l'une de ses chansons préférées.

Ce soir, elle a beau secouer la tête, inspirer, expirer, cela ne marche pas. Le malaise perdure, envers et contre tout. Après avoir répondu à Stéphane que oui, elle est par-fai-te-ment heureuse, elle range la maison, couche les enfants et se glisse à son tour dans le lit à côté de son mari. Inquiète, sans motif apparent. Pour faire venir le sommeil, elle décide de lire pendant quelques minutes. Mais au bout d'une heure, Stéphane s'est endormi tandis qu'elle sent une boule d'angoisse enfler en elle, lui rendant la respiration de plus en plus difficile. Inspirer, expirer. Inspirer, expirer. Inspirer... Mais comment faire avec cette énorme masse spongieuse qui prend la place de ses poumons et lui coupe le souffle ? Le sang commence à lui fouetter les tempes, sa tête lui fait mal. Comme un alpiniste privé d'oxygène. Vite, bouger, faire quelque chose avant de suffoquer. Pauline repousse maladroitement les draps et parvient à se lever avec difficulté.

Le mouvement lui rend la respiration plus aisée. Tout doucement pour ne pas réveiller son mari, la jeune femme traverse la chambre plongée dans l'obscurité, ouvre puis referme sans bruit la porte derrière elle. Toujours à tâtons, laissant glisser ses doigts le long du mur pour se guider, elle parcourt le couloir sombre de l'étage, descend l'escalier en se tenant à la rampe et parvient jusqu'à la cuisine. S'immisçant à travers la fenêtre sans volets, la lune éclaire la pièce d'une faible lueur. Pauline attrape un verre dans un placard et l'approche de l'évier pour se désaltérer. Sa langue est tellement sèche, c'en est presque douloureux. Après quelques gorgées d'eau avalées avec avidité, elle se sent mieux, l'air parvient de nouveau à pénétrer en elle et à en sortir sans entrave. Enfin, elle respire.

La trêve est de courte durée. Dans le silence de la maison endormie, un déclic se fait entendre, provoquant un sursaut chez la jeune femme. Puis un autre. Et encore un autre. Puis une dizaine d'autres. *Clic, clic, clic, clic...* Le cœur de Pauline se remet à battre à tout rompre, ses yeux fouillent frénétiquement la pénombre pour percevoir d'où proviennent ces bruits secs. Bientôt, c'est un crépitement de « clic » et de « clac » qui résonnent aux oreilles de Pauline, suivis de ronronnements, de mugissements, de rugissements épouvantables, comme sortis de la gorge d'une horde d'animaux infernaux. Sur le plan de travail, la splendide machine à café offerte par

Stéphane à Noël se met à glouglouter frénétiquement, le merveilleux robot multifonctions commence à mixer l'air dans un hurlement strident, les résistances du grille-pain flambant neuf rougissent puis s'éteignent à une cadence infernale, éjectant toutes les trente secondes des toasts virtuels dans un claquement sinistre. Derrière les portes de placards, tous les appareils électroménagers de la maison cognent, frappent, tonnent, ivres de vie, de puissance et de liberté.

Tandis que Pauline, d'abord surprise puis de plus en plus effrayée, recule pas à pas vers le salon, la maison s'éclaire subitement de mille feux, puis toutes les lampes s'éteignent et se rallument de plus en plus vite, les volets roulants s'ouvrent et se referment dans un ballet diabolique, les portes claquent dans un vacarme d'apocalypse ; le flexible de l'aspiration centralisée serpente en sifflant hors de son réduit puis se dresse face à elle tel un gigantesque cobra. L'alarme se déclenche et vrille le cœur de la nuit.

Mue par une force qui la dépasse, Pauline profite de l'entrebâillement d'une baie vitrée du salon pour se précipiter dans le jardin. Les mains sur les oreilles, elle ne parvient pas même à hurler. Elle ne ressent pas le froid qui transperce ses pieds nus et sa chemise de nuit légère. Vu de l'extérieur, le spectacle de la maison devenue folle est absolument dantesque.

Au milieu de cette cacophonie terrifiante, la jeune femme entend soudain le timbre pressant de la voix de Stéphane qui lui secoue l'épaule en disant :

— Pauline, Pauline, calme-toi ma chérie !

Lentement, elle tourne ses yeux exorbités par la peur vers le visage familier. Reconnaît le regard de son mari qui la fixe d'un air inquiet. Puis, derrière lui, la tapisserie de leur chambre avec ses jolis motifs exotiques éclairés par la lampe de chevet.

— C'était un cauchemar, mon amour, lui murmure Stéphane en lui caressant la joue avec douceur, un simple cauchemar. Chuuuuut, tout va bien maintenant, tu es en sécurité, tu peux te rendormir en toute sérénité.

Peu à peu rassurée, Pauline se laisse tendrement bercer par son mari et s'apprête à laisser son corps épuisé se reposer enfin après ces violentes émotions. Lorsque son œil est attiré par un petit détail sur le mur situé face à leur lit : une sorte de trait de crayon vertical et maladroit, barrant les ornements délicats de la tapisserie. Pauline fronce les sourcils, l'un de ses enfants se serait-il permis d'abîmer le papier peint tout neuf ? Non, à y regarder de plus près, il ne s'agit pas d'un trait de crayon. C'est une fissure, nette et franche, qui n'était pas là jusqu'à présent, Pauline en mettrait sa main à couper. Songeuse, elle s'empare de son smartphone posé sur sa table de chevet et cherche le mot « fissure » sur internet. Elle trouve la définition suivante : « *La fissure est un défaut ou une discontinuité brutale apparue dans un matériau sous l'effet de contraintes internes ou externes. Sa propagation mène à la rupture.* »

Pauline frissonne. Elle repose lentement son téléphone et observe avec circonspection ce qui ressemble bel et bien à une fissure. Une déchirure sur la jolie couverture d'un magazine.

# Canicule

Insoutenable, tout bonnement insoutenable. Les experts de la météo ont annoncé de gros orages et une baisse des températures, leur grenouille a dû chuter de son échelle car ces prédictions se révèlent fausses, archi fausses. La canicule est toujours là, écrasant tout, êtres vivants comme objets inanimés, sous une chape de plomb en fusion. Prisonniers de leur vieux break, ils n'osent plus regarder le petit cadran du tableau de bord, qui s'affole en indiquant des niveaux de température vertigineux : 37, 38, 39, 40… Qui dit mieux ? La climatisation a depuis longtemps déclaré forfait. Pas un souffle d'air ne les rafraîchit, en dépit des fenêtres grandes ouvertes. Une vapeur poisseuse envahit l'habitacle et brouille les contours des paysages traversés, comme dans un mauvais rêve. Pas un bruit, pas un son, rien. Tous les quatre, parents et enfants sont passés en mode survie, ils économisent leur salive et évitent même de croiser leurs regards, visages tendus vers la route. Pris dans une forme de torpeur, chacun est concentré sur sa propre respiration, lourde, lente, presque douloureuse, comme un soufflet malade.

Assise à côté de Paul qui conduit, Clara le scrute de biais. Il peine autant qu'elle à lutter contre les vilaines gouttes qui suintent depuis la pointe des cheveux jusqu'au bout des orteils. Même ruisselant de sueur, il reste élégant. Il a relevé les manches de sa chemise en coton bleu sur ses bras au fin duvet blond et écarte de temps à autre des mèches humides de son front. Seule sa mâchoire crispée trahit son malaise. Il est digne, presque imperturbable. Peut-être a-t-il un ancêtre britannique ? Clara aimerait pouvoir en dire autant, mais chez elle, c'est plutôt la débâcle. Quelle idée d'avoir mis ce jean étroit par une chaleur pareille ! D'autant qu'elle le remplit un peu trop bien ces derniers temps… Et comment oser se présenter devant quiconque affublée de ce débardeur rose froissé, trempé, les traits défaits et le mascara dégoulinant ? D'un geste vif, elle renoue ses longs cheveux bruns et fins, et se met à arracher méthodiquement, du bout des dents, les cuticules des ongles de ses mains.

Paul l'observe quelques secondes sans rien dire, puis lâche :

— Mais enfin, Clara, tu ne crois pas que tu as passé l'âge ?

Elle se fige : son mari lui parle sur le même ton que sa mère, lorsqu'elle la sermonnait sur sa tenue, son comportement, ses goûts, ses copines de classe et même ses premiers flirts… Rien n'était jamais « à la hauteur » ; avec tout le mal qu'ils s'étaient donné pour l'élever, Clara se montrait bien décevante ! Sous le feu de la mitraille, la jeune fille avait pris l'habitude de se tasser sur elle-même, jusqu'à ne plus former qu'une petite boule informe et incolore, que l'on oubliait là, toute seule dans son coin. Aujourd'hui, la petite boule est tapie en elle, ou plutôt fait corps avec elle, s'immisçant dans ses pensées, ses paroles, ses actes. Elle l'accompagne, la guide. Parfois douce et réconfortante, le plus souvent cruelle, impitoyable. De sa petite voix geignarde, elle assène des jugements assassins – « *Tu es vraiment sans intérêt, ma pauvre fille* », ou la met en garde contre le monde entier – « *Méfie-toi de lui, d'elle, ne te laisse pas prendre* » –. Ce fut un vrai combat intérieur contre la petite boule de se laisser approcher, puis aimer par Paul.

Clara mâchonne un bout de peau, en apprécie la résistance et l'élasticité. Faisant mine de ne pas avoir entendu, elle poursuit avec soin l'anéantissement de ses ongles, déjà rongés jusqu'au sang. Puis, très vite, sans le regarder, elle explose :

— Je n'en peux plus à la fin, quand va-t-on enfin arriver ?

Paul crispe un peu plus les mâchoires, s'agrippe à son volant comme un amiral à son gouvernail. Encore soixante kilomètres… La route défile, les champs s'étirent à perte de vue, les bouchons provoquent des ralentissements suivis de brusques accélérations ; le silence dans la voiture n'est ponctué que par le battement d'ailes du prospectus que Clara a attrapé dans son sac et qu'elle agite frénétiquement pour s'éventer.

Paul repense à leur rencontre, dix ans plus tôt, sur les bancs de la fac. Au moment où il avait aperçu ce petit bout de femme assise sur les marches de la Sorbonne, le nez dans un roman de Flaubert, coiffée à la va-vite et vêtue d'une improbable robe jaune vif, il avait ressenti une curieuse émotion. Comme lorsqu'on découvre un moineau blessé et qu'on décide de le recueillir pour le soigner. D'ailleurs, il n'avait pas tardé à la surnommer « Poussin », en hommage à la robe jaune, mais pas seulement. Au fil du temps, en dépit de leur mariage et de la naissance des deux enfants, il doit bien admettre que le poussin n'est jamais sorti de sa coquille. Clara est toujours aussi gauche, peu sûre d'elle, prête à se cacher dans les interstices d'un rocher à la moindre occasion. Et cette manie de se grignoter les ongles ! Si c'est mignon à vingt ans, c'est franchement répugnant à trente...

Paul plisse sa belle bouche dans une moue de dégoût. Soudain, il rugit :

— Plus que cinq kilomètres !

Clara pousse un profond soupir et se retourne vers les deux enfants assis à l'arrière pour partager son soulagement :

— Zoé ? Oscar ?

Mais ils se sont assoupis, lovés l'un contre l'autre malgré la chaleur, leurs petits corps potelés sanglés sous les ceintures de sécurité, de fines mèches de cheveux moites barrant leurs paupières closes, leurs bouches ouvertes laissant s'échapper un mince filet de bave. Malgré elle, Clara sourit, attendrie, heureuse de constater que les enfants ont mieux réagi qu'eux à la chaleur. Paul et elle ressemblent davantage à des naufragés du désert – enfin, surtout elle –, qu'à un couple de guerriers flamboyants.

— Tu sais, chéri, dit soudain Clara, rompant le silence, je n'ai vraiment pas très envie de voir Frédéric et Alice.

— Bon Dieu, on s'apprête à les rejoindre ! Tu crois que c'est encore le moment de se poser la question ? Enfin, Clara !

— C'est que…

— C'est que quoi ?

— Avec eux, je me sens toujours tellement…

— Tellement quoi ?

Paul se met à tambouriner des doigts sur le volant. Clara est en nage et la canicule n'est pas la seule responsable. Elle s'éponge le visage avant de répondre d'une toute petite voix :

— Nulle…

*« Tu es bête, fade, transparente »,* lui répète en boucle la petite boule en elle.

Clara baisse la tête, puis tourne vers Paul un regard plein d'espoir. Elle voudrait qu'il la rassure, la réconforte, comme il l'a fait tant de fois. Mais Paul a chaud, trop chaud. Il n'est pas d'humeur. Il lui lance un regard dur :

— Écoute, Clara, ça commence à bien faire. Fred est mon meilleur pote depuis le lycée et Alice te considère comme une sœur.

— Une petite sœur gentillette, que l'on traite avec condescendance.

— Condescendance ! Une fois de plus, tu exagères. Alice est une fille adorable, qui ferait tout pour toi.

— Pour toi, tu veux dire ! rétorque un peu vite la jeune femme. Elle voit le visage de Paul s'empourprer. Observe son mari en retenant son souffle. La boule est aux aguets. Mais Paul enchaîne d'un ton plus léger :

— Allons, poussin, tu devrais apprendre à mieux la connaître, elle en vaut vraiment la peine, tu sais. Organisez-vous un déjeuner sympa un de ces quatre ? Je suis sûre que tu vas finir par l'adorer !

Rire sarcastique de la boule. Sourire forcé de Clara.

Les voici arrivés à destination, encore un dernier virage et la maison de campagne de Frédéric et Alice se détache devant eux, au bout d'une petite allée ombragée. C'est une charmante longère du 19ème siècle nichée au cœur de la forêt, toute en briques et torchis, coiffée d'un toit en tuiles et recouverte de vigne-vierge. Avec son élégant mobilier de jardin disposé sur une terrasse en tomettes anciennes et le délicat camaïeu des massifs d'hortensias, c'est une image de carte postale pour la Sologne.

— Waouh ! hurlent les enfants qui viennent de se réveiller, le visage encore chiffonné de sommeil.

— Il ne manque que la piscine, siffle aigrement Clara.

— Ça suffit, Clara ! répond Paul, en garant la voiture sur le côté de la maison, sous un cerisier couvert de grappes d'un rouge appétissant.

Alertés par le bruit du moteur, Frédéric et Alice accourent vers eux, le sourire aux lèvres. Ils aident les petits à se détacher. Surexcités, Oscar et Zoé se jettent dans leurs bras en riant, heureux de les retrouver. Frédéric et Alice ne sont pas eux-mêmes parents – situation choisie ou subie, nul ne le sait, le sujet est tabou –, mais il est manifeste qu'ils adorent les enfants et ceux-ci le leur rendent bien.

Comme toujours, Alice est resplendissante. Son cou gracile émerge d'une robe en soie sauvage vert d'eau, qui épouse sa silhouette fine, parfaitement assortie à ses yeux. Elle secoue avec grâce ses cheveux dorés qui ondulent sur ses épaules. Son mari la contemple avec adoration. Comme toujours… « *Miss parfaite* », ricane la boule. Le coup d'œil appréciateur que lance Paul à la sylphide n'échappe pas non plus à Clara. Elle en vomirait. Elle s'approche d'Alice pour l'embrasser, honteuse de sa peau poisseuse face à la fraîcheur de la jolie blonde, qui exhale un délicieux parfum fruité. Même la canicule n'a pas de prise sur elle… « *Regarde-toi, de quoi as-tu l'air à côté d'elle ?* », interroge la boule. Frédéric, la trentaine triomphante dans un bermuda marine et un polo Lacoste blanc, serre affectueusement Clara dans ses bras. Repoussant la boule au fond de son ventre, elle décide de prendre sur elle pour que ce week-end prolongé se passe au mieux…

La priorité : prendre une bonne douche et se changer. Vite, attraper leur valise dans le coffre, le reste des bagages attendra. Alice les précède pour les conduire à leur chambre, de sa démarche de ballerine, Frédéric entraîne les enfants vers la leur en faisant le pitre. En pénétrant dans la pièce tapissée de toile de Jouy, confortablement meublée en noyer ciré et décorée avec raffinement, Paul ne peut réprimer un sifflement d'admiration :

— Eh bien, mes aïeux, c'est magnifique ici ! Vraiment, vous nous gâtez !

Alice émet un léger sourire d'assentiment, empreint de fierté, avant de leur indiquer la petite salle de bain attenante, lumineuse et pleine de charme avec sa baignoire à pieds et ses carreaux de ciment à l'ancienne. Paul s'extasie encore, avant de raccompagner leur hôtesse vers le couloir en l'attrapant négligemment par la taille. Clara regarde le jardin par la fenêtre sans rien dire et attend qu'Alice soit sortie pour ouvrir leur valise.

18 h 00. Propre, recoiffée et remaquillée, vêtue d'un short en jean et d'un top à bretelles framboise, Clara se sent beaucoup mieux. Paul est descendu entre-temps rejoindre Frédéric et les enfants qu'Alice avait aidés à se changer. Ils sont tous assis sur la terrasse, un verre de jus de fruits frais à la main.

— Tu es superbe, Clara ! la salue Frédéric.

— C'est vrai, poussin, confirme Paul, on dirait une gamine de seize ans à peine. Mais tu n'avais pas une petite robe au fond de ta valise pour faire honneur à nos hôtes ? Regarde comme Alice s'est faite belle pour nous !

Il accompagne sa remarque d'un clin d'œil complice. *« Touchée… coulée ! »*, exulte la boule, qui semble grossir en quelques instants. Clara est mortifiée. Alice fait semblant de ne pas avoir entendu la remarque de Paul, mais Clara croit discerner un sourire vainqueur se dessiner sur ses lèvres. La sueur se remet à couler à grosses gouttes dans son dos, dans son cou, sous ses aisselles. Le soleil est encore assez haut dans le ciel et darde ses rayons sur la terrasse. Un large parasol en bois recouvert d'une toile rouge assure une protection contre les UV, mais pas contre la canicule, toujours aussi implacable.

Sentant la tension de Clara, Frédéric attrape la main des enfants et propose d'un ton guilleret :

— Zoé, Oscar, on emmène Papa et Maman rendre visite aux poules ?

— Parce que vous avez des poules, en plus ? C'est génial ! dit Paul.

— Oui, répond Frédéric, on en a deux ! Et même un coq qui a la bonne idée de se faire vieux et d'aimer la grasse mat'.

— Ouf, pas de cocorico à 5 heures du mat' !

— Eh non, heureusement, mais de bons œufs frais, à déguster brouillés ou à la coque au petit-déj, c'est une vraie tuerie, vous verrez !

Emboîtant le pas au maître des lieux, le petit groupe contourne la maison et se dirige vers un enclos aménagé tout au fond du jardin. Une poule brune et une autre blanche picorent des graines, tandis qu'un coq noir dépenaillé et la crête de travers semble assoupi à l'ombre du poulailler.

— Voilà, annonce Frédéric, d'une voix d'aboyeur officiel : mesdames Odette et Georgette, et notre bon vieux Marcel !

Les enfants sont aux anges. Ils comparent pendant quelques minutes Odette, la poule brune, dodue et quelconque, à Georgette, la poule blanche, plus fine et se pavanant en levant haut le bec.

— C'est drôle, murmure Clara, on dirait que Georgette cherche à marquer sa supériorité...

— Quelle drôle d'idée ! réplique Alice, agacée.

— C'est vraiment n'importe quoi, Clara, murmure Paul en levant les yeux au ciel.

— Moi je trouve que ce n'est pas faux, rit Frédéric. C'est une sacrée bêcheuse ! Odette et elle ne s'entendent pas au mieux, mais elles doivent cohabiter, elles n'ont pas le choix !

*« On connaît ça »*, grince la boule, qui continue d'enfler en Clara au point d'appuyer maintenant sur son sternum.

— Oh, s'écrient soudain Oscar et Zoé, en pointant leurs doigts roses, regardez, là-bas, des poussins !

Clara tressaille. En effet, deux petites boules jaunes s'agitent dans le fond de l'enclos, tout près de la poule brune. À bien y regarder, on dirait qu'Odette tient volontairement les poussins à l'écart de Georgette. *« Elle a raison, elle doit les protéger ! »*, approuve la boule, passée en quelques heures de la taille d'un abricot à celle d'un gros ballon de baudruche. Clara lance un regard de connivence à la poule brune, qui recule d'un air méfiant en direction des poussins, roulant ses yeux exorbités dans tous les sens.

— Allez, venez les enfants, on va faire plein de jeux ensemble avant le dîner ! lance gaiement Alice en s'emparant des petites menottes d'Oscar et Zoé.

Clara est tentée de les lui arracher. Comment ose-t-elle s'approprier ainsi ses petits ? Ça ne lui suffit donc pas de faire sa mijaurée devant son mari ? *« Qu'elle crève ! »*, rugit intérieurement la boule, qui remplit maintenant toute sa cage thoracique, comprimant ses poumons. La canicule n'arrange rien : Clara a vraiment du mal à respirer. Elle suit le groupe à contrecœur et reprend sa place sur la terrasse.

En quelques secondes, l'atmosphère devient électrique, le ciel se couvre, le tonnerre gronde.

— Vite, le temps vire à l'orage, rentrons ! dit Frédéric en poussant Oscar et Zoé vers le salon. Les premières gouttes de pluie s'abattent.

L'après-midi se termine sous une averse drue, au son des éclats de rire des enfants, ravis de multiplier les parties de dominos, Memory et autres jeux avec les adultes. Seule Clara reste à l'écart, assise dans un vieux fauteuil, prétextant l'envie de lire malgré l'insistance des autres. Comment leur parler de l'énorme boule qui menace d'exploser si elle ne parvient plus à la contenir ? Elle renonce même à dîner, invoque une indigestion liée à la chaleur pour monter se réfugier dans son lit. Paul la retrouve deux heures plus tard profondément endormie. Il s'assoupit à ses côtés pendant qu'elle glisse peu à peu dans un sommeil agité. Elle gémit et semble terrorisée…

*Elle est dans le jardin d'Alice et Frédéric. Il fait si bon dehors, autant se dégourdir les jambes. Aller ramasser les œufs, ça lui rappellera les vacances dans la ferme d'oncle Adrien ! Elle se dirige vers le poulailler, reconnaît au loin le vieux Marcel perché sur le toit. La poule brune et ses poussins, ça va être sympa de les revoir. Elle s'avance sur le petit chemin de terre, longe la haie d'hortensias, passe devant les ruches bourdonnantes d'abeilles, admire les premiers dahlias, hume le parfum entêtant des roses. Le nez en l'air, elle sifflote entre ses dents. Au moment d'atteindre l'enclos, elle trébuche sur quelque chose de mou : Georgette ! La jolie poule blanche git devant elle, le cou brisé et le plumage sanguinolent. Que s'est-il passé ? Clara a le cœur au bord des lèvres, les tempes douloureuses. Elle fouille l'enclos du regard, suit les traînées écarlates, aperçoit une forme étrange à l'arrière du poulailler. Mon Dieu, c'est une femme ! Vêtue d'une longue chemise blanche déchirée, zébrée de rouge, les cheveux blonds entremêlés de plumes foncées. Clara se précipite : « Alice ! » C'est bien Alice, ou plutôt ce qu'il en reste : un misérable corps supplicié, replié sur lui-même, aux bras tordus dans un effort désespéré pour se protéger de la multitude de coups de bec qui ont déchiré son buste et son visage de madone. Un poussin picore quelque chose sur sa poitrine lacérée, un autre se niche dans ses cheveux, tandis qu'Odette, la grosse poule brune aux yeux fous, fouille avec avidité dans ses orbites désormais vides.*

Réveillée par son propre cri - « Alice ! » -, Clara se redresse dans son lit, pantelante. Elle pose sa main sur son cœur pour le calmer, met plusieurs minutes à retrouver son souffle, tout son corps ruisselant de sueur. Quelle heure est-il ? 1 h 00, 2 h 00 du matin ? 2 h 08 précisément, affiche sa montre Swatch verte. Tiens, Paul n'est plus là… Sa place est encore chaude sous les draps. Clara voudrait tellement se blottir dans ses bras pour se rassurer, oublier ce terrible cauchemar. Il a dû aller aux toilettes. Elle l'attend, repoussant les images atroces qui la hantent depuis quelques minutes. Comment a-t-elle pu imaginer des horreurs pareilles ?

2 h 32, Paul n'est toujours pas revenu. Bon, il doit être descendu dans la cuisine se chercher à boire. Il fait si chaud ! Elle enfile ses tongs, sort de la chambre, se dirige vers l'escalier. C'est là qu'elle les aperçoit, juchés en haut des marches de pierre. Paul et Alice… Se frayant un chemin par la petite fenêtre du palier, la faible clarté de la lune découpe leurs profils parfaits, accompagne leur baiser langoureux. Il a la main posée sur son dos cambré, elle se presse contre lui. Leurs deux corps sont totalement imbriqués, dans une harmonie totale. Ils ne la voient pas, ne l'entendent pas. *« Comme toujours… »*

*« À mort ! »*, rugit la boule, hors d'elle. Avant que Clara n'ait le temps de comprendre ce qui se passe, elle se retrouve à l'endroit exact où se tenait le couple. La silhouette blonde a été propulsée dans l'escalier, entraînant son amant dans sa course folle. Surpris, ils ont à peine eu le temps de pousser un cri d'épouvante, vite couvert par le bruit des os qui éclatent au contact de la pierre. Leurs deux corps toujours encastrés gisent désormais en bas de l'escalier. Dans un silence absolu. Incapable de bouger, le visage ensanglanté, Paul entrouvre ses yeux et regarde, hagard, Alice. S'il n'y avait pas cette flaque sombre autour de sa tête, on la croirait endormie. Son cou forme un angle bizarre.

— Comme Georgette dans mon rêve, murmure Clara.

Elle se sent étrangement calme, libérée. Plus de boule, plus rien. En paix avec le monde entier.

# Dix ans de mariage

*Vendredi 30 novembre 2018, 20 h 07, sur l'autoroute A13.*

« *J'ai dix ans, je sais que c'est pas vrai, mais j'ai dix ans, laissez-moi rêver que j'ai dix ans…* » Stéphane tapote sur le volant de sa Mercedes au rythme de Souchon, tout en soufflant d'agacement devant la file de voitures qui s'étire en accordéon devant lui sur l'autoroute. Et voilà, c'est de nouveau l'arrêt total… Julie va encore râler et lui reprocher de ne faire aucun effort pour être ponctuel, pas même pour leur anniversaire de mariage. Il lui a pourtant promis de l'emmener ce soir au théâtre de la Grande Scène du Chesnay voir la pièce *En attendant Bojangles* adaptée du livre éponyme d'Olivier Bourdeaut qu'elle avait adoré. Puis il a réservé une table au restaurant, à deux pas de chez eux. Ce devrait être une soirée alliant les plaisirs de l'esprit et des papilles, comme sa femme les aime.

Mais les minutes défilent à une vitesse inversement proportionnelle à celle de la circulation automobile. Stéphane a beau jurer, invoquer Sainte Rita, rien n'y fait : sa puissante berline noire reste stupidement bloquée au milieu des autres voitures, rivée à la bande de bitume.

La sortie 7 en direction de l'A14 est enfin dépassée, encore 14 kilomètres avant de bifurquer vers Le Chesnay-Rocquencourt. Parviendra-t-il à limiter la casse ? Tournant le rétroviseur intérieur vers son visage, Stéphane lève sa main droite pour remettre en place une mèche brune qui avait glissé devant ses yeux. À chaque fois qu'il croise un miroir, il ne peut s'empêcher de s'auto-congratuler sur la régularité de ses traits, sa dentition impeccable. Comme sa mère le lui a répété toute sa vie avec ravissement, les fées se sont vraiment penchées sur son berceau, lui offrant la beauté, l'amour et la richesse.

Les deux premiers présents lui sont acquis depuis la naissance, le troisième est le fruit de brillantes études puis d'une carrière rondement menée. A 38 ans, Stéphane est aujourd'hui à la tête d'une start-up florissante dans le domaine du numérique, qui recrute nombre de jeunes prodiges pour accompagner sa forte croissance. Grâce à ses revenus conséquents, il a pu s'offrir il y a six ans une grande maison en meulière de la fin du XIXe siècle, située sur le plateau Saint-Antoine au Chesnay, pour y loger confortablement sa famille. Stéphane sourit en pensant à Camille et Paul, ses deux enfants, âgés de cinq et huit ans. Il se les représente, avec leurs fins cheveux blonds, leur regard bleu malicieux et leur sourire brèche-dent : plus que sa réussite professionnelle et sociale, ce sont eux sa plus grande fierté dans la vie.

Julie, c'est plus compliqué… Lorsqu'il l'a rencontrée en juin 2007 dans un café du Quartier Latin, elle n'avait que 19 ans et lui 27, il était déjà bien lancé dans sa vie professionnelle tandis qu'elle était étudiante en Lettres modernes à la Sorbonne. Il a été immédiatement subjugué par sa grâce et son élégance naturelles. Elle portait ses longs cheveux blonds cendrés sagement rassemblés avec un élastique en une queue de cheval, une jupe en lin beige toute simple dévoilant des jambes fuselées et un débardeur en coton rayé bleu marine et blanc qui mettait en valeur ses jolies épaules et ses bras aux attaches fines. Elle buvait un café tout en plissant le front de façon charmante, absorbée par la lecture de son roman, comme seule au monde, lorsque Stéphane a fini par l'aborder, après l'avoir longuement observée. Surprise, elle a alors levé vers lui ses yeux vert amande et il a su qu'il l'épouserait. Quelques mois plus tard, ils échangeaient leurs vœux dans une petite chapelle bretonne, en présence de quelques invités triés sur le volet, et se juraient une fidélité éternelle.

Mais « *les histoires d'amour finissent mal, en général* », comme le chantait Catherine Ringer. Dix ans plus tard, la bluette s'est transformée en complainte. L'heure n'est plus aux caresses et aux baisers, mais aux piques et aux reproches. Julie ne supporte plus les absences répétées de Stéphane, son désintérêt pour tout ce qui touche au quotidien familial. Elle-même ne s'est pas autorisée à développer ses propres projets professionnels ou personnels. Aujourd'hui, les enfants, la belle maison et la fortune ne suffisent plus à lui faire oublier sa solitude et la vacuité de son existence. Acrimonieuse, elle brandit la menace du divorce au moindre faux pas. Tiraillé entre l'exaspération et la culpabilité, Stéphane ne sait plus comment remettre son couple d'aplomb. Il ne souhaite pas perdre ce foyer qu'il a construit, ni se déchirer pendant des années avec Julie autour de la garde des enfants. Aussi, depuis quelques mois, il essaie de faire des efforts pour contenter sa femme, tout en se consolant dans les bras de sa secrétaire, Karine, qui a le mérite de toujours le couver d'un regard admiratif…

Si ce soir, il n'est pas à l'heure pour leur anniversaire de mariage, il risque gros. Julie ne lui pardonnera jamais ce qu'elle estimera être l'indélicatesse de trop. Il doit arriver à temps au théâtre, coûte que coûte, son couple est en jeu. Sauf que la file de véhicules continue d'avancer à une vitesse d'escargot. Sauf qu'il n'est pas à bord d'un vaisseau spatial ni capable de se téléporter. Ça ne marchera jamais, il va être en retard ! Son pouls bat trop rapidement derrière ses tempes, la sueur ruisselle sur son front. Il l'éponge d'un geste rageur et se met à tambouriner frénétiquement sur le volant, en hurlant tout seul dans l'habitacle. Avancez, nom de Dieu !!!

Enfin, l'accordéon de voitures se déplie – c'était donc ça, il y avait un accident au kilomètre 15 ! Franchement, ils ne pouvaient pas faire attention, ces abrutis ? –, la circulation reprend doucement et Stéphane aperçoit, à quelques centaines de mètres devant lui, le panneau « Sortie 6 : Saint Germain en Laye - Le Chesnay - Versailles Notre Dame - Marly le Roy ». Il se déporte rapidement pour l'atteindre et s'apprête à s'engouffrer dans la bretelle de sortie d'autoroute, lorsqu'un chauffard tente de le doubler par la droite via la bande d'arrêt d'urgence. Stéphane pile dans un grand crissement de freins et donne un coup de volant pour redresser sa berline, mais elle est trop lourde : il perd le contrôle, fait une embardée et percute de plein fouet la rambarde de sécurité sur le côté droit de l'autoroute, dans un terrible froissement de tôle. Juste avant de perdre connaissance, il se surprend à prier pour la première fois depuis des années, pour se confier à la protection de Jésus, Joseph, Marie et tous les anges du Ciel.

* * *

*Samedi 1er décembre 2018, 08 h 32, accueil de l'hôpital Mignot, au Chesnay.*

L'hôtesse d'accueil voit s'approcher d'une démarche nerveuse une jeune femme blonde sanglée dans un imperméable beige, le col remonté jusqu'aux oreilles et des lunettes de soleil lui barrant étrangement le visage en ce matin gris.

— Bonjour, demande-t-elle d'une voix tendue, je suis venue rendre visite à mon mari, Stéphane Legrand, il a eu un grave accident hier soir sur l'autoroute A13, on m'a dit de revenir ce matin. Savez-vous dans quelle chambre il a été installé ?

— Bonjour Madame. Un instant, je vous prie. Je regarde le fichier des admissions… Legrand Stéphane, le voilà. Il est en soins intensifs, au quatrième étage.

La jeune femme remercie d'un hochement de tête et s'éloigne à pas rapides en direction de l'ascenseur.

Bip bip bip, tut tut tut… Entre le moniteur disposé à côté du lit qui affiche sur un écran la fréquence cardiaque, la tension artérielle et le taux d'oxygène du patient, et le système d'assistance respiratoire, les alarmes sonores envahissent l'espace de la chambre, agressant les oreilles de la visiteuse. Julie retire ses lunettes de soleil et contemple avec consternation le grand corps inerte allongé sur le lit, recouvert d'un drap bleu ciel, perfusé et connecté à de multiples appareils. Elle remarque les bandages placés autour de la tête et du torse ; elle s'attarde sur les paupières fermées et le beau nez cassé, les multiples contusions qui balafrent le visage en partie recouvert par le respirateur ; elle détaille les plâtres qui enserrent le bras droit et les deux jambes de cet homme d'ordinaire très sportif ; elle accompagne enfin du regard le mouvement si léger de la poitrine qui se soulève au rythme insufflé par la machine.

Est-ce bien Stéphane, ce colosse muet complètement cabossé ? Elle ne parvient pas à croire au spectacle qui s'offre à ses yeux. Avant qu'elle ne pénètre dans la chambre, le médecin l'avait pourtant prévenue du mauvais état de Stéphane : « Il a subi un choc physique d'une grande violence, d'autant plus que l'airbag n'a pas fonctionné ; les lésions sont multiples : traumatisme crânien, enfoncement de la cage thoracique, nombreuses fractures… mais heureusement pas irréversibles. Il va s'en sortir. Pour l'instant, nous le maintenons dans un coma artificiel léger pour qu'il ne souffre pas, mais nous le réveillerons progressivement dans les jours qui viennent, lorsque ses paramètres vitaux seront stabilisés. »

Il va s'en sortir, c'est tout ce qui compte. C'est ce sur quoi elle va insister auprès des enfants en rentrant à la maison tout à l'heure. Avant de se rendre à l'hôpital ce matin, elle les a confiés en toute hâte à Christine, qui habite en face de chez eux. Il vaudra mieux attendre que Stéphane sorte du coma pour les lui amener en visite, afin de leur éviter le traumatisme de voir leur père tel un gisant au milieu de tous ces appareils hyper bruyants.

Devant ce corps meurtri, Julie ne sait plus que faire de la colère et du ressentiment qu'elle accumule depuis des années contre son mari. Mais un accident ne peut pas tout effacer, ce serait trop facile… Et si cette épreuve était l'occasion de redistribuer les cartes, pour elle comme pour lui ?

La jeune femme écrase une larme sur sa joue. Elle touche du bout des doigts la main de l'homme étendu devant elle et quitte la pièce en refermant doucement la porte.

* * *

*Samedi 25 décembre 2018, 10 h 17, chambre 612 de l'hôpital Mignot, au Chesnay.*

— Joyeux Noël, Papa !

Camille et Paul se ruent dans la chambre d'hôpital pour enlacer le cou de Stéphane et la fillette se met à le couvrir de baisers.

— Doucement, les enfants, votre père est encore très fragile, ne le cassez pas ! murmure en souriant Christine, leur voisine et amie, qui écarte avec délicatesse les enfants et reste elle-même à quelque distance du lit.

— Ne vous inquiétez pas, je ne suis pas en sucre ! rit Stéphane, qui demande ensuite, une note de déception dans la voix : Maman n'est pas là ?

— Non. Je suis désolée, Stéphane, répond Christine.

— Mais je ne comprends pas : les médecins m'ont dit que pendant tout le temps de mon coma, elle était venue quotidiennement me voir. Depuis mon réveil il y a quinze jours, je ne l'ai vue qu'une fois et encore, elle ne s'est pas attardée. Tu admettras que c'est curieux de me laisser tomber maintenant ! Tout de même, le matin de Noël…

— Ne lui en veux pas, elle fait ce qu'elle peut avec la situation… Bon, les enfants, je crois que vous avez apporté de chouettes surprises pour Papa ?

— Ouiiiiiiiiiiiiiii ! Tiens, Papa, voilà tes cadeaux ! s'exclame Camille.

Surexcitée, elle tend vers la main valide de son père un dessin maladroit réalisé avec des crayons de couleur, qui représente un sapin enguirlandé et couvert de grosses boules multicolores et à côté, de la même taille que l'arbre, un personnage avec ce qui ressemble à de gros pâtés à la place des jambes et d'un bras.

— C'est moi, le grand bonhomme à droite ? demande Stéphane avec un sourire.

— Ben oui, bien sûr ! répond la fillette avec une moue surprise face à une telle évidence.

Silencieux, Paul s'approche à son tour et remet à son père une petite enveloppe bleue enrubannée. Stéphane lui demande de l'ouvrir pour lui et découvre avec étonnement une carte de… bibliothèque.

— C'est pour t'occuper pendant ta conva-naissance, explique Camille avec un grand sérieux.

— On dit convalescence, Camille ! corrige Paul d'une voix professorale, avant de poursuivre : oui, en ce moment, on va tous les mercredis à la bibliothèque, alors on pourra te rapporter des livres quand tu voudras.

— Euh, merci les enfants, c'est très gentil, mais vous savez que je ne lis pas beaucoup, à part sur mon écran de téléphone ou d'ordi…

Devant l'air déçu du garçon, Stéphane se reprend aussitôt :

— C'est une super idée, en fait ! C'est justement l'occasion de me remettre à la lecture, tu as raison. Tant qu'à avoir du temps, profitons-en ! Je compte sur toi alors, mon Paulo, pour me choisir plein de super livres. Tope-là, mon grand !

Stéphane réprime une grimace de douleur au moment où l'enfant, dans son enthousiasme, tape un peu trop fort dans sa main gauche.

* * *

*Mercredi 30 janvier 2019, 18 h 23, dans la maison des Legrand au Chesnay.*

Stéphane est allongé sur le canapé, avec le bras et les deux jambes plâtrés calés avec des coussins, lorsqu'il perçoit le bruit familier de la voiture qui se gare devant leur garage. Les portes claquent et il entend la poignée de la porte tourner avant de voir fuser dans le salon Paul et Camille, emmitouflés dans leur anorak, qui lancent leurs bonnets et écharpes à l'autre bout de la pièce avant de se jeter sur lui.

— Les enfants ! Enlevez vos chaussures, ramassez vos affaires et rangez-les dans la penderie tout de suite. Puis ouste, filez prendre votre douche ! lance Julie d'un ton ferme.

Comme toujours, elle évite le regard de Stéphane et file dans la cuisine pour préparer le dîner. Et comme toujours, une fois les enfants redescendus, ils partageront leur repas en silence, heureusement agrémenté des pépiements de Camille et de quelques anecdotes d'école racontées par Paul à la demande de son père.

— Attends, Maman, on n'a pas encore passé à Papa son livre de la bibliothèque. Regarde, Papa, ce qu'on t'a rapporté aujourd'hui ! dit Camille en sortant un gros roman d'un sac en tissu.

Stéphane déchiffre le titre sur la couverture : *Madame Bovary,* de Gustave Flaubert. Cela lui rappelle de vagues souvenirs de collège – ce n'est pas l'histoire de cette jeune femme qui s'ennuie copieusement chez elle pendant que son mari travaille ? Pffff, ça ne doit pas être très passionnant… –. Déjà il avait eu du mal à lire en entier *Les liaisons dangereuses* – de qui, déjà ? Ah oui, ça me revient : Pierre Choderlos de Laclos ! – que les enfants lui avaient rapporté le mercredi précédent. La qualité littéraire de l'ouvrage lui avait plu, mais il s'était senti un peu mal à l'aise devant la souffrance de Madame de Tourvel. Il avait songé à Julie qu'il trompait bêtement avec Karine. Depuis quelques jours, il bat froid sa secrétaire lorsqu'elle prend un ton enjôleur au téléphone.

— C'est encore la même bibliothécaire qui vous a suggéré ce livre pour moi ?

— Oui, elle est super gentille, cette dame, et elle a dit que tu apprendrais plein de choses en le lisant ! répondent les enfants en échangeant entre eux un regard malicieux.

— Bien… Alors je vais le lire pour vous faire plaisir ! soupire Stéphane, espérant en son for intérieur que ladite bibliothécaire n'était là que de passage et que la prochaine aurait des goûts plus en adéquation avec les siens. Pourquoi ne pas lui proposer plutôt des polars ou des bouquins légers ?

* * *

*Mercredi 20 février 2019, 18 h 15, dans la maison des Legrand au Chesnay.*

Deux mois ont passé depuis le retour de Stéphane à la maison et son quotidien s'étire mornement, interminablement. L'homme blessé a le désagréable sentiment de partager le destin de Phil Connors, le héros du film *Un jour sans fin* qui, à chaque fois que le réveil sonne, revit éternellement la même journée. A moins qu'il ne soit en train de tourner une mauvaise reprise du *Jour le plus long*, avec Julie dans le rôle des alliés et lui dans celui des nazis, dans une guerre qui ne dit pas son nom. Pas un regard, pas un sourire, sa femme vit à ses côtés en limitant paroles et contacts aux strictes nécessités du quotidien : la toilette, les repas, les déplacements médicaux de Stéphane... Elle gère tout avec calme et efficacité. Elle s'absente pendant plusieurs heures tous les après-midis, sans lui dire où elle va, en plus du mercredi après-midi où elle emmène les enfants à leurs activités puis à la bibliothèque. C'est fou ce qu'elle a gagné en assurance, se dit Stéphane, partagé entre l'étonnement et l'admiration.

Leur voisine Christine, manifestement un peu mal à l'aise avec lui, l'évite également. La seule femme avec laquelle il peut échanger chez lui de manière détendue, c'est Noémie, la jeune infirmière qui passe régulièrement assurer ses soins médicaux. Mais quand elle est là en présence de Julie, il sent que cette dernière les observe en douce, le visage plus fermé que jamais.

Le moment qui illumine ses journées, c'est lorsque les enfants rentrent de l'école ou de la bibliothèque. Son cœur bat plus fort lorsqu'il entend leurs voix surexcitées dans l'entrée de la maison. Paul et Camille se précipitent ensuite dans le salon pour embrasser leur père et lui raconter leur journée, avec force gestes et exclamations. Stéphane se demande comment il a pu rater ces petits bonheurs du quotidien pendant tant d'années sans se rendre compte à côté de quoi il passait, tout préoccupé qu'il était par sa carrière professionnelle et par lui-même...

Cela lui fait penser à ce roman d'Oscar Wilde, que les enfants lui ont rapporté il y a deux semaines, toujours sur les conseils de la fameuse bibliothécaire : *Le portrait de Dorian Gray*. Comment ne pas s'identifier à cet homme prisonnier de son ego, amoureux de son apparence physique au point de vendre son âme au diable ? Le cœur battant, Stéphane a lu fébrilement le roman jusqu'à la dernière page. Pas question de finir comme ce Dorian Gray ! De toute façon, l'accident de la route s'est déjà chargé de l'amener à un peu d'humilité en lui révélant la fragilité de son corps. Et puis, cette pause forcée aura eu le mérite de l'obliger à prendre du recul et à réfléchir sur ce qui donne vraiment du sens et de la saveur à sa vie. Plus rien ne sera pareil maintenant, se dit-il.

Un autre livre choisi pour lui il y a un mois l'avait laissé songeur : *Crime et châtiment*. Fallait-il, comme le héros de Dostoïevski, qu'il expie un crime, ou tout du moins ses fautes, pour cheminer vers la vérité et la rédemption ?

Au fait, on est mercredi aujourd'hui ! Au moment où les enfants approchent de sa joue leur bout de nez glacé par les frimas de l'hiver, Stéphane se surprend à guetter dans leurs mains le sac en tissu bleu qu'ils utilisent pour transporter les livres de la bibliothèque. Que lui ont-ils rapporté cette fois ? Il se doute qu'une fois de plus, ce ne sera ni léger ni comique, mais finalement, il aime se laisser surprendre par ces lectures qu'il n'aurait pas spontanément choisies. Il découvre que la littérature n'est pas qu'une distraction pour personnes désœuvrées comme il le pensait jusque-là, c'est une compagne enrichissante et captivante, qui peut vous amener à modifier le cours de votre vie.

Ce sont cette fois deux livres que Paul sort du sac bleu pour les lui tendre. L'un est un *Cyrano de Bergerac* en poche, aisément reconnaissable par l'appendice géant fiché au milieu de la figure du personnage dessiné sur la couverture. L'autre est en format broché, illustré avec l'image d'une jeune femme tenant un roman ouvert devant elle. *Tu seras ma beauté* de Gwénaële Robert, peut-on déchiffrer en caractères blancs sur fond noir.

— Ok, commente Stéphane, le premier c'est la pièce d'Edmond de Rostand, avec la fameuse tirade du nez *« C'est un pic, c'est un cap, c'est une péninsule, etc. »,* je connais. Mais le second a l'air récent et je n'ai jamais entendu parler de l'auteur. Tiens, sur sa quatrième de couverture, il est écrit que c'est *« un Cyrano de Bergerac moderne »*. Le point commun des deux bouquins, apparemment, c'est de montrer que les mots peuvent bouleverser le destin d'une personne… Mais dites-moi, les enfants, c'est toujours la même dame qui a sélectionné ces livres pour moi ?

— Oui, Papa, répond Paul.

— C'est drôle, les choix de cette bibliothécaire, enchaine Stéphane. Ils ont l'air d'être les fruits du hasard, mais curieusement, les thèmes abordés me parlent à chaque fois. C'est comme si cette femme me connaissait par cœur… Mais dites-moi, mes chéris, elle est comment, cette dame ? Petite, vieille, avec des lunettes, un chignon et un gros bouton sur le nez ?

— Ah non, pas du tout ! s'esclaffent les enfants.

— Et bien alors, dites-en plus, décrivez-la moi !

— Non non, quand tu pourras toi-même aller chercher des livres avec ta carte de bibliothèque, tu verras : elle est trop géniale ! rétorque Paul, en adressant un clin d'œil à sa sœur.

* * *

*Vendredi 22 février 2019, 15 h 18, dans la bibliothèque du Chesnay-Rocquencourt.*

Il fallait absolument qu'il rencontre cette bibliothécaire qui avait contribué à changer le cours de sa vie en lui choisissant des livres si bien ciblés. Une fois Julie partie à l'un de ses mystérieux rendez-vous de l'après-midi, il avait donc appelé Christine pour lui faire part de son projet en espérant qu'elle mettrait de côté sa gêne à son égard et se montrerait compréhensive. Après une courte hésitation, elle avait eu la gentillesse d'accepter. Tant bien que mal, elle l'avait aidé à se hisser avec ses béquilles dans la voiture, et ils avaient pris ensemble la direction de la bibliothèque du Chesnay-Rocquencourt. Une fois garés dans le parking, elle avait accompagné Stéphane dans l'ascenseur. Les voilà enfin parvenus dans la bibliothèque.

Personne à l'accueil ! Ah si, Stéphane aperçoit une jeune femme brune, qui se dirige vers lui en lui demandant aimablement :

— Bonjour Monsieur, avez-vous besoin d'aide ? Vous cherchez un livre particulier ?

— Euh non, bredouille-t-il. En fait, je cherche une dame qui travaille ici le mercredi après-midi et je ne sais pas quels autres jours. Je voudrais la remercier pour les suggestions de lecture qu'elle m'a données par l'intermédiaire de mes enfants. Peut-être est-ce vous ?

— Ah non, ce n'est pas possible, je ne viens moi-même jamais le mercredi. Mais c'est peut-être la personne que vous voyez là-bas ? Elle remplace depuis six mois à temps partiel une collègue qui est en congé maternité et nous avons de la chance, car elle a un vrai talent pour aiguiller les lecteurs vers des livres qui leur plaisent.

Stéphane suit du regard la direction indiquée. L'autre bibliothécaire leur tourne le dos, occupée à ranger des livres en hauteur en se juchant sur la pointe des pieds. Il aperçoit d'abord une nuque délicate surmontée d'un chignon de cheveux blonds cendrés. Puis le regard de Stéphane descend sur le chemisier blanc tendu sur un dos menu, les fesses étroites moulées dans un jean, les ballerines en cuir bleu marine. Devant ce corps dont il sait par cœur chaque courbe et chaque relief, cette silhouette qu'il reconnaitrait entre mille, il sent jaillir en lui une douce émotion et se retrouve sans voix.

Se sentant observée, Julie se retourne et le voit. Pendant un temps qui paraît interminable à Stéphane, elle le dévisage d'un air indécis. Puis elle lui adresse un sourire qui surpasse, si c'est possible, le pouvoir merveilleux des mots.

# Un nouveau départ

*Nouvelle publiée à l'issue d'un concours de nouvelles organisé en 2021 par l'association « Écrire à Versailles » dans un recueil sur le thème du « Voyage ».*

3 h 42. Dans la pénombre, Émilie soupire en distinguant les chiffres lumineux du radio-réveil. Toujours ces maudites insomnies qui mitraillent ses nuits depuis bientôt un an. Elle a chaud, elle a froid, elle écarte la couette pour la remonter aussitôt. Elle se tourne et se retourne, sur le dos, sur le ventre, non, pas sur le ventre c'est mauvais pour le dos, essayons sur le côté en position fœtale. Mais rien n'y fait : le sommeil a définitivement fui pour la laisser seule avec ses idées qui défilent sur l'écran noir de sa nuit blanche...

Patrick dort à côté d'elle à poings fermés, la bouche entrouverte. Sa poitrine se soulève au rythme de ses ronflements puissants. Sa tête autrefois auréolée d'une épaisse chevelure bouclée, repose désormais nue comme celle d'un nouveau-né sur l'oreiller. Étrangement fragile. Émilie observe dans un rai de lune les traits ciselés, le front haut et le profil aquilin de cet homme qui partage sa vie depuis bientôt vingt ans : il conserve une physionomie d'empereur, songe-t-elle avec une pointe d'admiration mêlée de tendresse. Mais il en a aussi le caractère, têtu, autoritaire, intransigeant.

Partir, prendre un nouveau départ, dans un nouvel univers, avec un autre homme, Émilie y pense de plus en plus souvent. Il serait même plus juste de dire qu'elle y pense sans cesse, tandis qu'elle accomplit chaque geste du quotidien, comme une vie parallèle. Partir, se dit-elle en prenant sa douche le matin. Partir, chantonne-t-elle à mi-voix en conduisant pour se rendre à son travail. Partir, affirme-t-elle en glissant ses courses dans son coffre. Partir, murmure-t-elle dans les cheveux de sa fille lorsqu'elle l'embrasse. Partir partir partir, entend-elle chaque nuit dans sa tête, comme une rengaine, le fredonnement insistant d'un train qui l'emmènerait vers un ailleurs.

Mais partir où ? Pour qui et surtout, pour quoi ? Pour tromper son insomnie, Émilie, qui pourtant a horreur des chiffres, dresse un bilan comptable de sa vie en deux colonnes : à gauche tout ce qui vient en « crédit », à droite ce qui apparaît en « débit ». Elle commence par la première colonne, se concentre et énumère en dépliant ses doigts un par un au fur et à mesure : mon mariage qui dure envers et contre tout, mes deux enfants que j'adore, mon métier qui me procure beaucoup de satisfactions, mes amis que j'aime et qui me le rendent bien, notre maison dans laquelle je me sens si bien... Elle soupire, déchirée entre la reconnaissance pour tous ces bienfaits et la culpabilité que cela ne suffise pas à son bonheur. Elle attaque la deuxième colonne, recommence à lister : déception face à la routine amoureuse et au manque de partage avec Patrick, fatigue du train-train familial, frustration de n'être pas reconnue professionnellement, lassitude de fréquenter un cercle social restreint, sentiment de ne pas évoluer, angoisse face au temps qui passe et qui marque peu à peu son corps...

Émilie s'arrête, envahie par une sensation d'étau. Elle réalise qu'elle pourrait poursuivre cette deuxième liste encore longtemps, que ses deux mains ne suffiraient pas pour énumérer tout ce qui l'enserre. Mais quoi, est-elle une insatisfaite chronique, traverse-t-elle la fameuse « crise du milieu de vie », que cherche-t-elle ? La réponse s'impose, en un mot ou plus exactement en un verbe : elle veut enfin VIVRE. Mais attention, pas une petite vie toute pesée, emballée, étriquée. Non, Émilie veut vivre intensément, ardemment, passionnément. Car comme l'écrivait Anatole France, « on ne vit qu'en dévorant la vie. »

Un mouvement dans le lit à côté d'elle, une respiration qui s'allège, Patrick s'est réveillé. Il se tourne vers sa femme, le regard encore chargé de nuit.

— Que se passe-t-il ? grommelle-t-il d'une voix ensommeillée. Je te sens t'agiter à côté de moi, tu as vu l'heure ?

Émilie ne répond pas, se met à pleurer en silence, de solitude et de colère. Partir... Elle se lève et sort de la chambre tandis que l'homme se rendort profondément.

Partir... C'est décidé. Ce sera maintenant, cette nuit. Parcourant la maison de long en large sans savoir par où commencer - mais comment font-elles, les autres, celles qui partent ? -, elle rassemble des affaires dans un sac de voyage : ses livres préférés - *Belle du Seigneur* d'Albert Cohen, *La promesse de l'aube* de Romain Gary, *L'écume des jours* de Boris Vian... -, quelques photos, une petite statuette africaine rapportée du Sénégal, un bracelet offert pour ses 20 ans par sa mère...

Soudain, en ouvrant le tiroir du bureau pour chercher son passeport parmi d'autres documents administratifs, sa main rencontre un petit objet rectangulaire. Elle s'en empare et à la lumière de la lampe apparaît un carnet avec une couverture en moleskine noire, de ceux qu'utilisent les écrivains. A qui peut-il bien appartenir ? Certainement pas à Patrick, qui est tout sauf un littérateur... Mais alors ?

C'est pourtant bien l'écriture nerveuse de Patrick qui s'étend sur une dizaine de pages dans le calepin. Ce sont ses phrases qui se succèdent à un rythme de plus en plus vif. Le texte commence ainsi : « *Lundi 12 octobre 2020, 5 h 12. Émilie dort enfin, c'est moi qui ne dors pas... Ce n'est pourtant pas dans mes habitudes, que se passe-t-il ?* » Quelques pages plus loin : « *Jeudi 12 novembre, 6 h 01. Encore une dispute hier soir... J'ai l'impression qu'on s'éloigne, qu'on se perd... Que faire ?* » Plus loin encore : « *Comment réenchanter notre vie ?* » S'ensuit toute une liste d'envies, plus colorées et attirantes que tout ce qu'Émilie pouvait elle-même imaginer. Et surtout, elle, Émilie, est associée à chacun de ces rêves, parmi lesquels : « *prendre tous les deux la route des fjords norvégiens pour admirer une aurore boréale* », « *s'envoler en montgolfière au-dessus des neiges du Kilimandjaro* »... et même « *redemander chaque matin la femme de ma vie en mariage* ».

Elle sourit en lisant à voix haute les derniers mots tracés sur le papier : « *Prendre ensemble un nouveau départ ?* »

# Plus tard

« *Plus tard, je serai maîtresse, je me marierai et j'aurai beaucoup d'enfants.* » Cette promesse, Jeanne se la répète du haut de ses six ans comme un mantra, en lissant sa belle robe de princesse. La rose que lui a offerte tante Alice et qui tourne si bien quand elle se prend pour Sissi valsant dans les bras de François-Joseph.

« *Plus tard, j'aurai un job passionnant et bien payé, un mec génial et une vie de famille au top* ». C'est ce qu'affirme Jeanne avec l'insolence de ses 17 ans, les lèvres rouges et le regard charbonneux, les jambes enserrées dans un jean à pattes d'éléphant, la poitrine moulée dans un sous-pull orange.

« *Plus tard, nous serons heureux, nous nous aimerons pour le meilleur et pour le pire* » : c'est ce à quoi Jeanne et Pierre s'engagent solennellement devant le maire, puis devant le prêtre, le jour de leur mariage. Jeanne est rayonnante dans sa robe-bustier ivoire en soie sauvage. Elle est Sissi, en mieux.

« *Plus tard, les enfants grandiront et s'envoleront, je vais retrouver du temps pour moi et m'épanouir dans un nouveau métier et des activités créatives* ». Jeanne, qui vient de souffler ses 39 bougies, en est convaincue. Il va juste falloir patienter encore quelques années… et penser à perdre quelques kilos superflus.

« Plus tard, nous retrouverons avec Pierre notre complicité des premiers jours, nous aurons toutes sortes de projets stimulants ». Jeanne a 52 ans… Après s'être sentie déçue, frustrée dans son ménage, elle a décidé de prendre un amant, puis d'y renoncer. A quoi bon ? C'est avec Pierre qu'elle veut poursuivre l'aventure.

« *Plus tard, je veux être une grand-mère parfaite, partager avec mes petits-enfants plein de bons moments* ». Mais Jeanne, à 75 ans, se rend compte qu'elle n'a plus l'énergie de s'occuper de jeunes enfants et surtout, elle n'en a plus l'envie. Contente de les voir arriver, elle est encore plus soulagée de les voir partir.

« *Plus tard, je veux vieillir le mieux possible, ne pas connaître l'épreuve de la maladie et de la déchéance physique* ». Cet espoir, Jeanne ne se souvient même plus de l'avoir formulé : à 92 ans, son corps est désormais rivé à un fauteuil roulant, tandis que son esprit est parti depuis longtemps, là-haut dans les étoiles.

« *Plus tard, je veux partir avant ceux que j'aime, pour ne pas avoir la douleur d'être celle qui reste* ». Jeanne s'est dit cela toute sa vie. Mais sa vieille carcasse de 103 ans, la mort semble l'avoir oubliée. Elle va rester allongée là, sur son lit d'hôpital, pour l'éternité. A moins que la mort finisse tout de même par passer. Plus tard…

# Quatre petits mots

Deuxième prix décerné à cette nouvelle le 19 octobre 2021
à l'issue d'un concours de nouvelles organisé
par la bibliothèque du Chesnay-Rocquencourt
sur le thème « Le mouvement ».

> « *L'exilé est un mort sans tombeau* »
> Extrait de *Sentences*, du poète latin Publius Syrus

> « *En pays d'exil, même le printemps manque de charme* »
> Proverbe russe

*Paris, le 24 avril 1944*

— Déshabillez-vous.

L'homme est chauve et trapu, sa blouse blanche enserre avec difficulté un ventre proéminent. Son ton autoritaire contraste avec un visage mou et un regard fuyant.

Alexis est indécis. Sa pudeur naturelle, son éducation, sa crainte des conséquences de ce rendez-vous, tout concourt à le paralyser. Il parcourt des yeux la petite pièce froide aux murs défraichis, simplement meublée d'un bureau fatigué et de deux chaises rouillées, qui tient lieu de cabinet médical. Un pâle soleil d'hiver se glisse tant bien que mal à travers les barreaux de l'étroite fenêtre.

— Déshabillez-vous ! répète le médecin d'un ton impérieux.

Alexis comprend qu'il n'a pas le choix, il n'a pas intérêt à contrarier le petit homme dont la moustache tressaille déjà d'agacement. Il délace ses chaussures, les enlève et les place côte à côte, bien alignées, comme à la maison. Puis il retire veste, veston, cravate, chemise, maillot de corps, chaussettes et pantalon. Il dispose le tout avec soin sur la chaise en fer à côté de lui. Enfin, rouge de confusion, sous le regard impatient de l'autre qui pointe son doigt potelé vers son caleçon en coton blanc, il abaisse celui-ci. Son intimité est offerte en spectacle, c'est pour lui d'une violence insoutenable.

Le médecin s'approche et commence à examiner méticuleusement tout le corps de ce patient d'un jour. Il l'étudie du lobe de l'oreille au petit orteil, centimètre carré par centimètre carré, comme s'il s'agissait d'un objet rare ou d'un animal exotique, en griffonnant des notes sur un calepin à couverture de cuir noir. Il demande à Alexis de lever les bras, de se baisser, de se tourner, de marcher sur la pointe des pieds ; il lui prélève une goutte de sang au doigt. Parfois, il hoche la tête, fronce les sourcils ou grommelle quelques paroles incompréhensibles. Enfin, d'un geste las, il signifie à son patient que c'est terminé en lui indiquant ses vêtements sur la chaise. La consultation aura duré au total vingt-deux minutes, au cours desquelles quatre mots auront été prononcés en tout et pour tout, deux fois deux.

Si l'on regardait par-dessus l'épaule du médecin, on pourrait lire ceci sur ses notes :

*Race biologique :*
*Individu masculin*
*Stature surmoyenne*
*Constitution élancée*
*Pieds normalement cambrés*
*Teint blanc indéterminé*
*Cheveux noirs*
*Iris brun*
*Face allongée*
*Pommettes normalement marquées*
*Yeux allongés et légèrement tombants*
*Nez long*
*Base un peu ascendante*
*Espace naso-labial normal*
*Bouche moyenne*
*Lèvre supérieure moyenne, lèvre inférieure un peu plus forte que la supérieure*
*Oreilles un peu décollées*
*Expression générale du faciès : plus ou moins judaïque*
*Mimique : pas judaïque au cours de l'examen*

Alexis se rhabille en silence. Il est terrassé de honte, mais surtout de peur, pour lui et pour les siens. D'autant que ce n'est pas la première fois qu'il est sollicité par le Commissariat Général aux Questions juives.

Un mois plus tôt, Alexis avait déjà été convoqué, de même que sa mère et son frère, par la Préfecture de police de Paris pour répondre à des questions concernant leur famille et leur généalogie. L'homme portait un uniforme noir rutilant, une cravate bien ajustée. Son visage émacié disparaissait derrière des lunettes épaisses juchées en équilibre au bout d'un nez étonnamment fin. Il avait attaqué l'interrogatoire comme on lance une grenade dégoupillée :

— Nom et prénom ?

— Levovitch, Alexis.

— Âge ?

— 34 ans.

— Profession ?

— Ingénieur conseil.

— Vous avez un patronyme étranger, d'où venez-vous ?

— De Russie, d'Ukraine plus exactement.

— Quand et dans quelles circonstances êtes-vous venus en France ?

— Nous avons fui Odessa avec mes parents et mon frère en 1919. Nous sommes partis à bord d'un navire militaire anglais et avons fait escale pendant quelques semaines sur les îles aux Princes, près d'Istanbul, avant de partir pour Paris, où j'ai fait mes études et fondé une famille.

— D'où étaient originaires vos grands-parents ?

— D'Ukraine également.

— Quelle était leur confession ?

— Catholiques orthodoxes.

— Tous les quatre ?

— Oui.

— Pouvez-vous nous le prouver ?

— Nous avons dû partir en catastrophe de Russie, avec le minimum de papiers et d'affaires personnelles… Aujourd'hui, en pleine guerre, c'est très difficile d'obtenir ce type d'attestation. D'autant plus qu'une grande partie des archives ont brûlé.

— A vous de vous débrouiller pour nous communiquer ces documents au plus vite ! Et vous-même, avez-vous votre certificat de baptême ? Et celui de vos enfants ?

— Oui, je peux vous fournir tout cela.

— Nous allons nous arrêter là pour aujourd'hui. Donnez-moi vos papiers d'identité. Vous avez bien la nationalité française ?

Alexis était resté sans voix, tout son corps s'était figé, glacé. Cette dernière question, c'était la question qui l'inquiétait au plus haut point. En effet, dès 1921, la Russie avait retiré par décret leur nationalité à tous les émigrés russes. De 1921 à 1930, Alexis et sa famille ont alors bénéficié du « passeport Nansen », du nom d'un diplomate norvégien qui a conçu ce document d'identité reconnu par de nombreux États pour les réfugiés apatrides, un précieux sésame pour une nouvelle vie. Le 12 juin 1930, la famille Levovitch a enfin obtenu la nationalité française. Mais depuis la loi du 22 juillet 1940, Alexis craignait à tout moment que leur nationalité leur soit retirée. En effet, cette loi prévoyait la révision systématique de toutes les naturalisations accordées depuis 1927, ce qui permettait aux autorités d'interner et de déporter les Juifs non français.

— Voici le certificat, murmura-t-il en tendant le précieux document.

— Vous savez qu'être français, cela se mérite, avait commenté d'un ton grinçant le fonctionnaire, reprenant mot pour mot la formule choc lancée en 1940 par le premier ministre de la Justice de Vichy.

Puis il avait rendu son certificat à Alexis et refermé d'un coup sec son dossier en montrant la porte. L'interrogatoire était fini.

Depuis, toutes les nuits, Alexis se repasse fiévreusement en boucle cet échange, comme dans un mauvais rêve. Il se demande avec angoisse s'il a donné les bonnes réponses, s'il n'est pas tombé dans l'un des pièges tendus par l'homme lui faisant face, s'il ne faudrait pas contacter telle personne ou telle administration pour obtenir d'autres papiers, encore des papiers, pouvant confirmer que non, ils n'ont AUCUNE trace de « judéité » dans leurs gènes. Il semble en effet que c'est l'absence de pièces justificatives de la religion de tous ses grands-parents qui a provoqué cette nouvelle convocation pour un « examen ethno-racial ».

En dépit de ses vingt-cinq années passées en France, de ses études dans un excellent lycée parisien, de son diplôme d'ingénieur brillamment obtenu, de son mariage avec Marie, une Française de souche, mi berrichonne mi bretonne, de leurs trois enfants tous nés et baptisés à Paris, de son engagement dans l'armée française en 1939 comme officier… Alexis se sent plus que jamais l'étranger, celui dont on ne veut ni dans son pays d'origine ni dans son pays d'accueil.

Un sentiment de déjà vu, déjà vécu. Un sentiment qui le renvoie à la fin brutale de son enfance, à ce funeste matin de 1919.

* * *

*Mer Noire, le 12 mars 1919.*

Au loin, le port d'Odessa, les collines en terrasse et le phare de Vorontsov disparaissent peu à peu à la vue des voyageurs. Ciel et mer se confondent en une même toile tendue de gris orage aux formes mouvantes. Les mouettes accompagnent de leurs cris perçants le départ du croiseur anglais qui emmène à son bord les derniers Ukrainiens fuyant la révolution bolchévique. Beaucoup n'ont pas pu s'enfuir à temps et se retrouvent pris au piège de leur pays déchiré par la guerre civile, à la merci de l'Armée rouge qui prendra définitivement le contrôle d'Odessa quelques mois plus tard.

Couché à même le pont à côté de ses parents et de son petit frère Piotr, enveloppé dans une couverture en laine prêtée par un matelot compatissant, le jeune Alexis sursaute à chaque fois qu'une vague vient se fracasser contre la coque du bateau. Il grelotte de peur et de fièvre, il a déclaré la scarlatine quelques jours avant le départ. Il n'est a priori plus contagieux, fort heureusement vu le nombre de personnes agglutinées autour de lui, mais sa gorge et sa langue sont encore un peu enflammées, et l'éruption cutanée encore visible, notamment sur son visage constellé de boutons rouges. Son estomac est en outre régulièrement agité de spasmes, causés cette fois par la houle puissante qui agite le gros bateau comme une vulgaire coquille de noix sur les flots capricieux.

Alexis n'est pas le seul à souffrir du mal de mer : de nombreux voyageurs vident leur amertume par-dessus le bastingage, avec des larmes de désespoir et de colère dont le vent n'a que faire. Ses parents, eux, restent murés dans le silence, les lèvres crispées et le regard perdu. L'air vif marin ne parvient pas à leur ôter ce pressentiment que jamais plus ils ne pourront revenir dans leur Ukraine natale.

Jamais plus ils ne reverront parents, amis et voisins laissés là-bas, sur la terre de leurs ancêtres.

Jamais plus ils ne déambuleront sur le boulevard Primorsky, pour le seul plaisir de deviser en admirant la mer Noire et ses jeux de couleur.

Jamais plus ils ne salueront la statue de Richelieu qui trône face à la mer, puis ne descendront jusqu'au port via le monumental escalier dit « du Potemkine » depuis qu'Eisenstein l'a immortalisé dans son film *Le Cuirassé Potemkine* en 1925.

Jamais plus ils n'arpenteront les quais du port de commerce, en plissant le nez face aux odeurs de poissons et aux remugles des cargaisons déchargées chaque jour par centaines par les dockers.

Jamais plus ils ne flâneront le long de la célèbre rue Deribasovskaya, puis devant les vitrines de l'élégante galerie marchande du Passage inaugurée en 1900, avant de se reposer dans l'immense Jardin botanique, véritable oasis au cœur de la cité.

Jamais plus ils ne se rendront en calèche, vêtus de leurs plus beaux atours, au Théâtre de la ville, avec son luxueux vestibule de style rococo, pour savourer sous sa voute dorée un opéra de Tchaïkovski, un concert de Rachmaninov ou un ballet inoubliable tel que *Le lac des cygnes*.

Jamais plus ils ne profiteront de ces magnifiques plages de sable fin qui font la fierté d'Odessa et attirent les voyageurs venus de tous horizons...

De fait, en 1919, la ville d'Odessa porte bien son nom : fondée en 1794, elle fut appelée ainsi en hommage au grand voyageur qu'était Ulysse, en grec « Odysseos », selon le vœu de l'impératrice Catherine II qui aimait donner des noms grecs aux villes de Nouvelle Russie. Bâtie au bord de la mer Noire, reliée aux plus grandes villes du pays et aux pays limitrophes (Pologne, Hongrie) ainsi qu'à l'Autriche ou la Turquie par liaisons routières, ferroviaires ou maritimes, c'était avant la révolution l'une des villes les plus grandes et riches de l'Empire russe. Très cosmopolite, elle a attiré très vite un nombre considérable d'immigrés de tout l'Empire et des pays avoisinants.

Sur ce bateau qui les emmène loin d'Odessa, beaucoup de malheureux candidats à l'exil sont assis sur le pont et se tiennent prostrés, isolés ou au contraire serrés les uns contre les autres, étreints par le même sentiment de détresse absolue. Ils sont aussi sous le choc de ce départ en extrême urgence, dicté par l'arrivée imminente des Rouges. En quarante-huit heures, la famille d'Alexis a ainsi dû quitter sa belle demeure située dans la rue grecque, à la façade couverte de vigne et au grand parc verdoyant bordé de marronniers et d'acacias. Il a fallu respecter les consignes : pas plus de deux malles par famille, pas d'objets encombrants. Quel choix cornélien de devoir trier ce qui témoignait du passage de plusieurs vies, de plusieurs générations, pour n'en conserver que l'essentiel ! Et qu'est-ce que l'essentiel finalement : des vêtements, des bijoux, de l'argent, des photos, des livres, de la vaisselle, des bibelots, des jouets ? Le plus douloureux pour les enfants aura été sans doute de ne pas pouvoir emmener avec eux leurs animaux domestiques, c'était rigoureusement interdit. Il a donc fallu confier sur place à Igor, le maître d'hôtel, les deux magnifiques barzoïs qui accompagnaient de leur fidèle présence l'enfance des garçons depuis toujours. Ce fut un véritable crève-cœur pour chacun et les adieux furent déchirants.

En fermant les yeux, Alexis se revoit avant la guerre plongeant ses mains dans le long pelage soyeux des deux lévriers blancs, caressant leur tête extraordinairement longue et fine, jouant avec eux dans leur jardin d'Odessa ou dans celui de leur jolie datcha située à quelques kilomètres de là.

Poursuivant sa rêverie, il accompagne en songe les chiens dans le grand salon familial, tendu de velours bleu. Il se remémore sa mère, Xénia, si gracieuse dans sa longue robe en taffetas de soie rose, un collier de perles autour du cou, assise devant le piano dont elle effleurait avec douceur les touches, tandis que son père, Sacha, vêtu d'un élégant costume trois pièces en laine beige, la contemplait en souriant derrière sa fine moustache brune.

Il se souvient des délicieux repas servis par Igor dans de belles assiettes en porcelaine blanche bordée d'or, avec des couverts en argent bien lourds à saisir pour de petites mains.

Il se remémore leur chambre d'enfants tapissée de jaune vif, le cheval à bascule blanc et rouge prêt à galoper devant la fenêtre, la boîte à musique artisanale rapportée par leur père d'un voyage à Moscou trônant sur une commode en ébène aux côtés d'une série de matriochkas bariolées. Combien d'heures Piotr et lui ont-ils joué avec des trains en bois, des petits soldats de plomb, des cartes ? Combien de fois cette pièce a-t-elle résonné de disputes et de rires ?

Il se repasse comme dans un film muet tous les visages dont les traits vont hélas s'estomper peu à peu dans sa mémoire, tous ces compagnons et témoins de vie qu'il a dû laisser derrière lui en s'exilant : la douce Natacha qui a bercé ses nuits de nourrisson puis consolé ses premiers chagrins d'enfant ; les fidèles Igor, Tatiana, Anton et Dimitri, au service de sa famille depuis tant d'années ; mais aussi ses cousins Anastasia, Nikolaï et Serguei, partis de leur côté en Allemagne ; et tant d'autres...

Mais il repense aussi à d'autres figures moins aimantes : celles qui les empêchaient depuis deux ans de sortir librement de chez eux et de voir leurs proches, celles qui faisaient exploser des bombes dans les rues, celles qui rendaient les adultes terriblement soucieux et irritables.

Il revoit enfin la foule hostile qui accompagnait ce matin même, à l'aube, l'interminable cortège de voitures et de calèches qui quittaient les grandes propriétés de la ville pour se rendre vers le port et fuir le pays. Il ne fallait pas broncher face aux gestes menaçants, aux injures et aux ricanements, regarder droit devant soi en serrant fort la main de Maman. « N'ayez pas peur, les enfants, ils ne nous feront aucun mal », murmurait cette dernière, d'une voix moins assurée qu'elle ne l'aurait voulu. D'un geste vif, elle essuyait de temps à autre les larmes qui se faufilaient sur ses propres joues, affichant un semblant d'indifférence sur son visage pâle et tendu.

** * **

*Paris, le 24 avril 1944.*

Alexis quitte ses souvenirs pour revenir au présent. En sortant du cabinet médical, il observe pendant quelques minutes la secrétaire qui transcrit avec une grande célérité à la machine à écrire les conclusions du Professeur M., celles qui vont décider de son sort et de celui des siens. Le tap-tap des doigts agiles aux ongles écarlates qui frappent les touches de la vieille Japy met les nerfs de l'ingénieur à vif.

Alors, juif ou pas juif ? Vrai Français ou éternel apatride ? La possibilité de rester en France ou l'obligation de s'exiler encore ? Voire… la vie ou la mort ? C'est impressionnant et angoissant ce pouvoir donné à ce petit homme potelé sur son destin et celui de toute sa famille. On se croirait à l'époque des combats de gladiateurs, où un public galvanisé par la peur et le sang guettait avec impatience la direction dans laquelle César allait orienter son pouce : vers le haut ou vers le bas ? Selon le bon vouloir du prince, ou plutôt de l'empereur en l'occurrence, la sentence était irrévocable et exécutoire sans délais.

Que se passera-t-il si le rapport du médecin établit que sa famille est juive ? Faudra-t-il sur le champ tout quitter et fuir ? Alexis a déjà dû se cacher un certain nombre de fois au cours des derniers mois, laisser sa chère Marie toute seule à Paris avec les trois enfants. Quand s'arrêtera donc ce cauchemar ? Quand pourra-t-il enfin ne plus se sentir le paria, l'étranger, l'apatride ?

Tout avait commencé trois ans auparavant, en 1941, lorsqu'Alexis avait été confondu avec un autre Levovitch, un homonyme qui aurait possédé une boutique dans la même rue que lui et n'aurait pas déclaré son magasin comme juif. Alexis a eu beau expliquer et expliquer encore qu'il y avait méprise, que lui-même était ingénieur-conseil dans une entreprise dont le directeur lui avait établi une attestation en bonne et due forme, rien à faire : il était entré dans la machine à broyer de l'administration policière française. Et elle n'avait pas l'intention de le lâcher, comme le prouvaient ces convocations successives.

La secrétaire est parvenue au bout de son travail de frappe, elle toque discrètement à la porte du médecin pour lui remettre le document à signer. Cette partie médicale sur la « race biologique » s'insère en principe entre les deux autres parties que comporte le « rapport ethno-racial » remis au Commissariat Général aux Questions Juives. La première partie, intitulée « antécédents ethniques », précise l'état-civil, le niveau d'instruction et la situation sociale de l'intéressé, et s'arrête en détails sur la religion des parents et grands-parents, ainsi que sur la valeur des preuves produites. La troisième partie, intitulée « considérations générales » reprend les points clés des deux premières parties, dont découle une « conclusion » du type *« en conséquence, le soussigné estime que l'examiné est juif »* ou est *« à considérer comme non-juif »*...

Alexis se voit signifier de rentrer chez lui en attendant de recevoir par courrier postal la décision officielle du Commissariat Général aux Questions Juives le concernant.

Les quelques jours qui suivent défilent dans un climat irréel. Alexis se focalise sur les gestes quotidiens. Il se lève le matin, va travailler, revient déjeuner avec Marie et les enfants, retourne au bureau, revient dîner à la maison, se couche pour une longue nuit sans rêves, comme un automate. Il évite absolument de penser, de se projeter ne serait-ce qu'un instant vers l'avenir. Le seul moment où il semble sortir de cet état semi-comateux, c'est lorsque le facteur vient sonner en milieu de journée à la porte de leur appartement pour leur apporter le courrier. Alors Alexis s'empare en toute hâte de la pile de lettres, les scrute fébrilement les unes après les autres dans l'espoir - et en même temps la crainte - de reconnaître la petite enveloppe en papier kraft estampillée avec le drapeau français et le tampon officiel de la Préfecture, puis les repose d'un soupir las sur le plateau en marbre de la commode de l'entrée. Un vrai supplice, cette attente.

* * *

*Paris, le 5 mai 1944.*

Finalement, la fameuse missive arrive. Le nom et l'adresse du destinataire ont été calligraphiés avec soin à l'encre bleue. Le cœur battant à tout rompre, retenant son souffle, Alexis ouvre le pli lentement, délicatement, à l'aide d'un coupe-papier. L'en-tête à gauche indique « Commissariat Général aux Questions Juives » et à droite « État français ». Puis apparaît le texte suivant, tapé à la machine à écrire :

```
Paris, le 3 mai 1944

Le Commissaire Général aux Questions Juives
A Monsieur Alexis Levovitch
10 rue d'Auteuil, Paris (16e)

Monsieur,

Vous m'avez fait présenter une requête en vue
de faire déterminer votre situation raciale au
```

regard de la loi du 8 juin 1941 portant statut des juifs.

Né le 29 mars 1910 à Odessa (Russie), vous avez été baptisé dans la religion orthodoxe puis vous êtes converti à la religion catholique le 17 mai 1938 pour votre mariage à une aryenne, Mademoiselle Marie Demarin.

Vous avez été soumis à l'examen ethno-racial du Professeur M. Les conclusions de cet examen vous sont favorables et le Professeur vous a considéré comme non juif.

Vous m'avez présenté diverses attestations qui démontrent que votre mère appartenait, comme vos grands-parents maternels, à l'église orthodoxe.

Dans ces conditions et surtout à raison de votre baptême et de votre non-circoncision, j'ai décidé de vous faire bénéficier d'une présomption favorable et de vous considérer comme non juif jusqu'à nouvel ordre.

M. le Préfet de Police a été avisé de ma décision.

Pour le Commissaire Général aux Questions Juives,
Le Directeur du statut des Personnes et des Affaires Juridiques


La lettre est signée à la main d'un nom illisible, accompagné d'un cachet rond à l'encre violette : « Commissariat Général aux Questions Juives, services du chef de gouvernement, État français ».

Alexis relit trois fois la lettre avant de la montrer sans un mot à Marie, qui attend le verdict le cœur battant. Ainsi, c'est gagné : il est enfin officiellement considéré comme « non juif », ces deux mots sont même écrits en rouge, tranchant sur le noir du reste du texte. Son soulagement est intense, tout son corps se relâche instantanément, comme un ballon de baudruche qui se dégonflerait après avoir été empli d'angoisse, de peur, voire de terreur.

Mais ce qui le laisse sans voix et atténue peu à peu son bonheur, ce sont les quatre petits mots qui suivent, glissés comme par mégarde à la fin du paragraphe : « *jusqu'à nouvel ordre* ». Comme une menace, un avertissement : et si tout recommençait, s'il fallait repartir dans les tracasseries administratives et les examens pseudo médicaux, s'il fallait réenvisager la clandestinité en France ou la fuite vers un autre pays ?

Comme un poison lent qui s'infiltre peu à peu dans ses veines, la peur envahit de nouveau Alexis.

# Temps mort

Elle habite là depuis toujours, ou presque. Au troisième étage de ce petit immeuble vétuste aux fenêtres étroites, coincé entre une retoucherie antique et une supérette ultra-moderne, derrière la place de la République à Paris. Ces derniers temps, elle ne le quitte qu'en présence de son auxiliaire de vie, après avoir été emmitouflée dans une couverture sur son fauteuil roulant, heureuse de ces instants de semi-liberté retrouvée.

A 89 ans, Suzanne en paraît aujourd'hui dix de plus. Il faut dire que la maladie ne l'a pas épargnée, la vie non plus. Depuis son petit trois pièces-cuisine, Suzanne a tout connu, tout entendu : les sirènes de la guerre, le bruit des bottes allemandes dans les rues de Paris, puis beaucoup plus tard les revendications des étudiants en mai 68, les manifestations pour l'Algérie française, celles contre le nucléaire, la liesse populaire lors de l'élection de François Mitterrand... Une bonne partie du XXe siècle a défilé sous ses fenêtres.

Face à cette effervescence, Suzanne a toujours conservé ce sourire et cette douceur qui constituent en quelque sorte sa marque de fabrique. Il n'y a eu qu'une seule période dans sa vie où cela a été impossible d'afficher cette sérénité joyeuse, mais Suzanne n'en parle jamais. C'est son secret à elle. Seul Raymond était au courant.

Ah, Raymond ! Il était là, assis à lire le journal sur son vieux fauteuil favori, celui en velours bleu aux accoudoirs usés jusqu'à la trame, lorsque son cœur l'a lâché brusquement voilà déjà quatorze ans. Les secours sont arrivés très rapidement, mais rien à faire : Raymond était parti pour de bon, ne laissant à Suzanne que son chagrin et sa solitude.

Elle avait 18 ans et lui 25 quand elle l'a rencontré le 14 juillet 1947 au bal des pompiers de la caserne Ménilmontant. Elle a su tout de suite qu'elle suivrait jusqu'au bout du monde ce beau brun dégingandé au regard doux et lumineux. En fait de bout du monde, c'est lui qui l'a rejointe dans le petit appartement qu'elle avait récupéré après la disparition de ses parents, dont Suzanne ne parlait jamais. Ces quelques mètres carrés chargés d'émotions sont devenus un havre de félicité pour les deux amants. Chaque matin, tandis que la jeune femme partait suivre ses études au Conservatoire National Supérieur de Musique de Paris, Raymond se rendait à son travail de contremaître chez Renault.

Après leur mariage, les années ont filé avec leur lot d'épreuves – des fausses couches à répétition pour elle, une longue période de chômage pour lui – mais surtout de joies, avec la belle carrière de violoncelliste professionnelle de Suzanne ainsi que la naissance de Simon puis de Léa.

Aujourd'hui, les deux enfants sont devenus à leur tour parents, puis grands-parents, et c'est l'une des rares joies de Suzanne d'embrasser ses arrière-petits-enfants quand ils viennent lui rendre visite dans son petit appartement. Malheureusement, cela n'arrive pas souvent : entre un « plan » proposé par des copains ou un « chat » sur leur téléphone, ils ont toujours mieux à faire que d'aller discuter avec leur aïeule, aussi « cool » soit-elle.

Alors Suzanne meuble sa solitude avec la musique. Schubert, Beethoven, Mozart, les plus grands viennent à son chevet pour la consoler avec leurs sonates, symphonies et autres œuvres magistrales. La maladie de Parkinson la prive aujourd'hui de la fluidité de ses mouvements, mais l'ancienne concertiste bat mentalement la mesure en écoutant les trente-trois tours que son auxiliaire de vie glisse sur l'électrophone, à proximité de la vieille dame.

Pas un habitant du quartier qui ne la connaisse : depuis le temps que Suzanne habite là, elle a gagné le titre de doyenne ! Lors de ses sorties, beaucoup la saluent, heureux d'obtenir en retour son doux sourire accompagnant un regard demeuré vif au milieu de son visage raviné, couronné d'un fin duvet de cheveux blancs. Même si Suzanne ne peut presque plus parler, il émane d'elle une bienveillance qui touche même les plus endurcis. On dit d'elle qu'elle a toujours été « une belle personne »… Et puis c'est vrai qu'elle s'est toujours montrée une voisine en or, acceptant d'arroser les fleurs et de nourrir les chats quand les autres partaient en vacances, gardant les enfants de la dame du quatrième quand celle-ci était retenue par son travail, faisant les courses pour le monsieur du second lorsqu'il s'est retrouvé impotent…

Même le petit Kevin s'est attaché à elle, sonnant à sa porte et se glissant dans son appartement dès que le ton montait un peu trop chez lui entre son père et sa mère et que cela se mettait à cogner. L'enfant apeuré venait trouver refuge auprès de sa vieille voisine, d'abord enfermé dans son mutisme puis se liant peu à peu, au point de considérer bientôt Suzanne comme sa grand-mère.

Avec elle, il a découvert petit à petit le pouvoir des mots, leur force évocatrice, la possibilité de vivre une autre vie à travers les livres que l'aïeule lui lisait de sa voix chaude et profonde. C'est avec le talent d'une Sarah Bernhardt que Suzanne modulait ses inflexions pour accompagner les trépidantes aventures de Nils Holgersson juché sur son oie sauvage, les innombrables malheurs d'Oliver Twist, ou encore les tribulations du jeune Rémi « sans famille ». Ses belles mains de violoncelliste aux doigts légèrement déformés par l'arthrose voltigeaient autour d'elle pour accompagner le rythme du récit, son « tempo » : *largo* au début de l'histoire, *allegretto* au moment où intervenait l'élément déclencheur, *vivace* lorsque les péripéties se multipliaient, *prestissimo* lors de la scène clé et *adagio* pour saluer la situation finale. Lorsque le dénouement était triste, il n'était pas rare de voir la vieille dame écraser furtivement une larme au coin de ses paupières fripées. Mais s'il était heureux, elle entonnait avec fougue un *Gloria* de Vivaldi, qu'elle concluait en saluant une foule imaginaire, sous les applaudissements enthousiastes d'un Kevin admiratif.

De même, Suzanne a initié son jeune protégé à sa passion pour la musique. Elle a commencé par lui faire découvrir *Pierre et le loup* de Prokofiev, afin de l'amener à connaître et reconnaître les instruments de musique de l'orchestre, en les associant à des personnages et des animaux. Plus tard, juchant l'enfant à ses côtés sur la petite banquette tendue d'un tissu marron aux fleurs fanées, elle choisissait avec soin l'un de ses nombreux disques de concert ou d'opéra, puis glissait religieusement le vinyle sous le diamant de son électrophone. Au moment où les premières notes s'élevaient dans l'air confiné du petit appartement, elle plissait les yeux de plaisir tout en murmurant avec gourmandise à l'oreille de Kevin le nom du compositeur, mais aussi celui du chef d'orchestre : Solti, Karajan, Bernstein, Böhm, Ozawa… Gagné par l'enthousiasme de sa vieille amie, le petit garçon écoutait à son tour avec ferveur le concerto, la sonate, la fugue, la gavotte, le requiem ou toute autre pièce de musique classique qui lui était donnée à entendre, selon l'humeur du jour de son incroyable voisine.

Mais ce que le petit Kevin aimait par-dessus tout, c'était entendre Suzanne lui parler comme à un adulte de « sujets de grands » : l'amour, le sens de la vie, la religion, le travail, la connaissance, la conscience... Elle appelait cela « philosopher » et l'enfant, même s'il n'en comprenait pas grand-chose du fait de son jeune âge, se sentait gonflé d'importance, investi de la confiance de la vieille dame. Hochant la tête d'un air grave, il opinait à tout ce qu'elle lui disait. Un jour, pour illustrer son propos sur le rapport de l'homme au temps, Suzanne avait saisi un grand sablier en verre qui trônait sur une étagère du salon et l'avait retourné en disant au jeune garçon, le regard rivé au sien : « Tu vois, comme ce sable, le temps nous file entre les doigts, même quand on voudrait le retenir. C'est pour cela qu'il est si précieux et qu'il faut en savourer chaque instant. Aimer à en perdre haleine. Accepter de vivre pleinement nos réussites et nos joies, mais aussi nos déceptions et nos peines. Être artisan de bien, de justice et de paix autour de soi. C'est cela, le secret du bonheur, mon petit Kevin. » L'air songeur, l'enfant avait alors observé les petits grains scintillants glisser un à un, lentement, doucement, du bulbe en verre du haut vers celui du bas. Jusqu'au dernier.

Aujourd'hui âgé de 19 ans, le « petit Kevin » a bien grandi. Du haut de son mètre quatre-vingt-dix, avec sa casquette à l'envers et ses Ray-Ban vissées sur le nez, c'est lui qui fait la loi maintenant, chez ses parents comme à l'extérieur. Dans le quartier, il se murmure qu'il a « mal tourné » depuis qu'il a quitté sa formation professionnelle de mécanicien parce qu'il ne voulait pas se retrouver comme son père coincé toute sa vie derrière une machine. On dit qu'il se livre à des trafics peu nets, qu'il fraie avec « la racaille ». Mais Suzanne n'en a cure, Kevin est toujours le bienvenu chez elle, quoi qu'il arrive.

Précisément, cet après-midi, Kevin a tenu à lui rendre visite juste après le départ de l'auxiliaire de vie. Il a depuis longtemps un double de la clé ; il a toqué une fois puis pénétré dans l'appartement résonnant de la Neuvième Symphonie de

Beethoven. En se penchant pour embrasser la vieille dame, assise comme d'habitude dans son fauteuil roulant face à la fenêtre, il a couvert son discret parfum d'eau de lavande d'une forte odeur d'alcool et de tabac. Suzanne plisse le nez, mais ne dit rien, car elle sait que ce serait inutile. Et elle est tellement contente de le voir ! Kevin arrête d'autorité l'électrophone en écartant le diamant du disque :

— Com… ment… vas… tu… mon… pe… tit ? s'enquit-elle avec douceur en articulant péniblement.

— Ça roule, Suzie, ça roule. Mais j'ai un copain à te présenter. Entre, Fred, elle va pas te bouffer ! crie-t-il à l'attention d'un grand échalas au visage grêlé et vêtu d'un survêtement noir trop petit, adossé au chambranle de la porte d'entrée.

Le dit Fred s'approche d'un air nerveux et s'assied sur l'ancien fauteuil de Raymond, à quelques pas de Suzanne. La physionomie de ce garçon la met mal à l'aise. Ses yeux ressemblent à des têtes d'épingles plantées dans un gribouillis d'enfant, il renifle sans arrêt puis s'essuie le nez, et tapote frénétiquement sur les accoudoirs du siège du bout de ses doigts maigres.

— 'jour, grommelle-t-il à l'adresse de la vieille dame. Puis, se tournant vers Kevin, il enchaîne d'un ton dur : bon, on va p't-être pas y passer la nuit, chez ta vioque ?

— Ouais ouais, c'est bon, laisse-moi l'temps de lui expliquer.

Suzanne les regarde d'un air interrogateur. Kevin poursuit d'une voix cajoleuse :

« Suzie, j'ai besoin de toi pour une bricole, juste un p'tit service pour me dépanner, là tout d'suite. Fred et moi, on a eu une p'tite embrouille avec des mecs et on a besoin de mille…

— Deux mille, corrige Fred.

— Deux mille balles, pour qu'ils nous foutent la paix. Mais promis, hein, on te rembourse très vite !

Suzanne murmure avec difficulté :

— Mais… je… n'ai… pas… d'ar… gent… i…ci…

Fred part d'un rire mauvais. Kevin l'arrête du regard et attrapant la main de Suzanne, il enchaîne d'une voix plus pressante :

— Faut qu'tu piges : c'est une question d'vie ou d'mort, Suzie ! Ces mecs, ils vont nous buter si on leur file pas leur pognon ! Allez, sois sympa, donne-nous du fric !

Mais Suzanne lui lance le même regard désolé.

Fred se lève d'un bond et se met à crier :

— P'tain, tu vois pas qu'elle t'entube à fond les ballons, Mamie Nova ? Ils ont toujours plein de tune planquée chez eux, les vieux ! Tant pis pour elle, y a plus qu'à chercher nous-mêmes !

Et joignant le geste à la parole, le zombie au teint vérolé se met à ouvrir frénétiquement tous les placards, armoires et tiroirs, envoyant brutalement tout leur contenu s'éparpiller sur le sol. Kevin fait mine de l'arrêter, avant de le rejoindre en évitant soigneusement de regarder en direction de Suzanne, qui reste plus que jamais immobile, les yeux embués de larmes. Au bout de vingt minutes, tout l'appartement est sens dessus dessous : le fauteuil de Raymond est éventré, les rideaux arrachés, la vaisselle et les bibelots brisés. Même le beau violoncelle de Suzanne, fabriqué au siècle dernier par un luthier italien chevronné, a été sauvagement extrait de son étui et fracassé au sol. Mais hormis quelques euros au fond d'un porte-monnaie, les deux jeunes n'ont rien trouvé d'intéressant. La déception décuple la fureur de Fred.

— Y a plus qu'un coin où on n'a pas cherché, c'est là ! éructe-t-il en se jetant sur Suzanne.

Avant même que Kevin ait pu esquisser le moindre geste pour l'en empêcher, le garçon se met à fouiller fébrilement la vieille dame, clouée sur son fauteuil.

Suzanne ne sent plus rien, pas même les doigts durs le long de son corps flétri et paralysé. Elle pense fugacement que l'Histoire, ou plutôt son histoire, bégaie. Au-delà de Fred, elle perçoit la présence d'autres hommes en noir, qui l'ont également pillée, agressée, déshumanisée. Comme si c'était hier, elle se revoit à 15 ans dans la grande cour glacée de l'« Appelplatz » à Buchenwald, au milieu de ses camarades d'infortune, peinant à tenir debout et transie de froid dans sa tenue rayée trop fine. Elle murmure :

— Sept… trois… quatre… six…

— Ça y est, s'écrie Fred, elle nous file le code de son coffre ! Kevin, attrape un truc pour le noter !!! Et vite, la vioque, dis-nous où il est, ce putain de coffre !

Mais Suzanne ne répond pas : comme celui de Raymond il y a quelques années, son cœur a décidé de lâcher prise. C'en est fini des violences, plus rien ne peut l'atteindre.

Au moment où le garçon, frustré, relâche le corps de Suzanne qu'il s'était mis à secouer violemment, la manche de la vieille dame se relève et dévoile un numéro tatoué sur son avant-bras gauche : 734682.

— Cooooool, le voilà, le numéro ! se réjouit Fred.

— T'es vraiment trop con, répond Kevin, hagard, attrapant l'autre pour sortir prestement de l'appartement.

Il s'arrête net dans son élan, tétanisé à la vue d'un fragment minuscule qui brille sur le sol, à côté du fauteuil roulant.

Miroitant sous le rayon de soleil qui éclaire furtivement cette scène tragique, c'est un grain de sable, échappé d'un grand sablier brisé.

# Une histoire grise

*Münich, février 2005.*

Il pleut sur le cimetière de l'Ouest, le Westfriedhof. Il pleut sur les pierres tombales impeccablement alignées, sur leurs décorations florales désuètes, sur les plaques mortuaires et leurs inscriptions pathétiques.

Andreas serre les dents, remonte nerveusement le col de son imperméable beige, passe les doigts dans ses cheveux poivre et sel balayés par le vent, raffermit son autre main sur son grand parapluie noir. Il plonge son regard gris en direction de la fosse devant lui, dans laquelle descend doucement un cercueil en chêne clair.

Il pleut, mais Beate Hofstein n'en a cure. Allongée dans son écrin de satin et de bois, elle ne craint plus rien : ni les palpitations cardiaques, ni les gouttes à prendre à heure fixe, ni les trottoirs trop hauts, ni les intempéries. Elle en a fini avec le poids des ans et les soucis d'ici-bas. Et puis, là-haut, elle va retrouver son cher Moritz, qui a cruellement manqué de courtoisie en partant le premier, il y a déjà dix ans de cela. Heureusement qu'Andreas était là, cet enfant arrivé comme un cadeau du ciel alors que Moritz et elle désespéraient de son ventre sec. Soixante-deux ans de bonheur à le contempler grandir, mûrir, devenir ce brillant étudiant en histoire, puis ce maître de conférences reconnu, spécialiste de la deuxième guerre mondiale. Beate n'a eu qu'un seul regret : ne pas être grand-mère, car Andreas a multiplié les liaisons féminines, sans jamais se fixer auprès de quiconque. Comme si c'était trop difficile de s'ancrer, trop dangereux de s'engager dans la construction d'un foyer. Quel dommage, lui murmurait souvent Beate, mais ainsi va – et s'en va – la vie…

Aujourd'hui, il pleut et Andreas est profondément malheureux. Beate a toujours été une mère exemplaire, douce et généreuse, toujours prête à lui glisser de petits bretzels fumants dans ses poches, même une fois adulte, ou à le contempler avec tendresse lorsqu'il lui racontait ses anecdotes professionnelles. Il aimait tant enrouler ses bras autour de sa taille épaissie par les ans, compter un à un les sillons qui formaient un atlas sur son beau visage, distinguer la variété de nuances qui peuplaient ses pupilles. Désormais, il lui faudrait se contenter de ce sourire figé qui orne la photo qu'il a choisie pour accompagner ses funérailles.

Tout à son chagrin, Andreas n'a pas vu arriver, par une allée latérale du cimetière, un vieil homme qui se joint au groupe endeuillé entourant la tombe des Hofstein. Des collègues et élèves d'Andreas, essentiellement. Quelques anciennes petites amies aussi, restées attachées à ce grand gaillard aussi brillant que charismatique. Andreas prend la parole pour évoquer sa mère, manquant pour une fois de mots, lui le grand orateur, pour exprimer tout ce qu'il souhaiterait dire à propos de Beate. Il conclut donc un peu sèchement et chacun est invité à rendre à son tour un dernier hommage à la vieille dame. Au moment où le groupe se disperse, Andreas voit s'approcher de lui un homme âgé de plus de 80 ans, encore alerte mais au port raide. Il est vêtu d'un long manteau en laine couleur sapin boutonné jusqu'au col, coiffé d'un vieux chapeau en feutre assorti enfoncé au-dessus d'un visage aux traits sévères, marqués par le temps et par autre chose semble-t-il : de l'amertume peut-être, à en croire les plis profonds qui tirent les commissures de la bouche vers le bas.

Andreas hésite :

— Se connaît-on ?

— Oui, moi je te connais, répond l'homme, mais toi tu n'as aucun souvenir de moi. Tu étais si jeune…

— Nous sommes-nous rencontrés dans mon enfance ?

— Je t'ai vu alors que tu venais de sortir du ventre de ta mère… C'est étonnant d'ailleurs à quel point tu as hérité de ses yeux, de son regard, ajoute le vieil homme à mi-voix, visiblement ému.

Surpris, Andreas s'exclame :

— Mais vous devez me confondre avec quelqu'un d'autre, ma mère avait les yeux sombres tandis que les miens sont clairs. Jamais personne ne nous a trouvé la moindre ressemblance !

— Et pour cause, soupire l'homme au manteau vert. J'avais promis à Beate et Moritz Hofstein de me taire jusqu'à leur mort, mais maintenant qu'ils ne sont plus, je peux enfin sortir du silence et te révéler la vérité. Ne t'inquiète pas, je vais m'en aller, je ne veux plus t'importuner. Mais je te laisse ceci, ajoute-t-il en tendant une grande enveloppe brune à Andreas. Si seulement tu pouvais me pardonner un jour… »

Sur ces mots, le vieil homme étreint brièvement le bras d'Andreas, figé de stupeur, lui glisse d'autorité l'enveloppe dans les mains, et repart telle une ombre à travers le cimetière noyé de pluie.


Se couvrant de son grand parapluie noir qu'il cale sous son bras, Andreas ouvre maladroitement l'enveloppe et découvre son contenu : une photographie couleur en format 15 x 17, accompagnée d'un petit cahier d'écolier à la couverture tâchée et cornée. Lorsqu'Andreas les extrait de l'enveloppe pour les observer de plus près, une carte de visite s'en échappe. Sur un bristol épais, est calligraphié le nom d'un certain Anton Stock, avec une adresse à Berlin et un numéro de téléphone. Au dos de la carte apparaît simplement, écrit à l'encre noire d'une main élégante mais un peu vacillante, le mot « Pardon… ».

Andreas en est certain : il n'a jamais rencontré cet Anton Stock, ni croisé son nom quelque part. Qu'est-ce que tout cela signifie ? Et lui lancer ces balivernes le jour de l'enterrement de sa mère, quelle indécence ! Est-ce une erreur ? Le vieillard l'a-t-il pris pour un autre ? En même temps, l'homme a clairement mentionné Beate et Moritz, qu'il avait l'air de bien connaître… Il semble donc savoir de qui il parle et à qui il s'adresse… Ce secret qu'il a mentionné existe-t-il bel et bien ? Et pourquoi cette demande insistante de pardon ? Les questions se bousculent dans la tête d'Andreas. La stupeur laisse peu à peu la place à la curiosité. Peut-être n'a-t -il pas choisi par hasard sa profession : il aime autant l'Histoire avec un grand H que les petites histoires qui, s'entremêlant, forgent des destinées.

Le cœur battant, il poursuit donc son investigation. Il saisit le cliché glissé dans l'enveloppe et découvre qu'il s'agit de la photo d'un tableau représentant une fillette. Au dos de l'image est griffonnée au crayon à papier la mention « Anna, avril 1933 ». De plus en plus intrigué, Andreas observe attentivement le tableau et fait un voyage dans le temps.

* * *

*Berlin, avril 1933.*

Sur cette toile peinte à l'huile aux tonalités sombres, une fillette pose. Vêtue d'une stricte robe grise dotée d'une simple collerette blanche et chaussée d'austères bottines noires, elle pose. Le peintre a choisi comme cadre le coin sombre d'une chambre de bonne. Pour que le décor soit raccord ? Que le gris-brun des murs se marie au mieux avec le gris-bleu de la robe et le gris glacier des yeux de la fillette ? Un camaïeu de gris en somme. Gris sale comme l'ennui qui suinte par tous les pores de l'enfant. Gris orage comme le ciel allemand en ces temps de grave crise économique et de montée fulgurante du nazisme. Gris linceul comme la peau de sa mère sur son lit de mort, un crucifix en argent glissé entre les doigts…

La fillette pose. Ses poignets graciles évoquent son jeune âge, tandis que ses petites mains nouées l'une à l'autre, presque tordues, rappellent celles des vieilles femmes endeuillées…

Dans tout ce gris, le blanc lumineux de la collerette de l'enfant, ainsi que le rouge sang de ses joues, de ses lèvres et du ruban de ses cheveux, accrochent l'œil et semblent vouloir percer une lueur de vie. Mais le gris l'emporte, encore et toujours.

La fillette pose, triste et accablée, à l'image du peuple allemand prêt cette année-là à écouter toutes les sirènes pour sortir de cet océan de misère, y compris celle de la haine. Grise aussi, qu'importe. Grise comme les chars d'assaut, comme les armes de combat, comme les cadavres qui joncheront d'ici peu le passage des SS, grise comme les âmes des bourreaux.

Sans bouger, sans sourire, sage et disciplinée, la fillette pose.

* * *

*Münich, février 2005.*

Andreas est troublé par le regard de la fillette, étrangement familier ; il est touché par son chagrin insondable. S'éloignant de la tombe de Beate désormais recouverte de terre fraîche et de fleurs, il va s'asseoir sur un banc en bois situé en bordure de cimetière, sous une tonnelle, pour ouvrir délicatement le cahier d'écolier. Ce dernier est recouvert aux trois quarts d'une écriture penchée un peu enfantine, à la fois appliquée et nerveuse, riche en pleins et en déliés. Les nombreuses petites tâches indigo qui maculent les pages jaunies par le temps témoignent de l'usage d'une plume et d'un encrier.

La première page s'ouvre sur ce paragraphe, qui fait office d'introduction ou de dédicace :

*« Je m'appelle Anna et je souhaite aujourd'hui témoigner par écrit de ce que fut ma vie, marquée à jamais par la barbarie. Celle des hommes en général et celle de certains en particulier. Mais parmi les hommes, il y en a deux qui ont été comme moi victimes de naître en Allemagne à cette époque : il s'agit de Simon et de mon fils, Andreas. Ces quelques lignes se veulent à la fois œuvre de vérité, cri d'amour et testament... »*

L'historien ressent un choc violent dans la poitrine. C'est maintenant avec une certaine fébrilité, voire avec avidité, qu'il décide de déchiffrer la suite du manuscrit.

*« Je suis née le 12 avril 1923 à Berlin. Mon père, Günther, était professeur de philosophie à l'université, tandis que ma mère, Elsie, était violoncelliste professionnelle au sein de l'orchestre philarmonique de la ville. Ils auraient voulu fonder une famille nombreuse, mais la santé délicate de ma mère*

*l'a contrainte à renoncer à la maternité après la naissance de mon frère Toni, de trois ans mon aîné, puis la mienne. D'aussi loin que je me souvienne, nous avons toujours habité ce grand appartement bourgeois d'un vieil immeuble cossu du quartier de Charlottenburg. Comme je m'y suis ennuyée dans ma petite enfance ! Toni n'aimait que jouer à la guerre avec ses petits soldats de plomb, poussant de puissants hurlements qui me terrifiaient, tandis que je ne goûtais rien tant que câliner mes jolies poupées de porcelaine, les bercer, les cajoler et les promener à travers les différentes pièces de l'appartement. Mes parents, accaparés par leur passion pour leur métier, ne recevaient que rarement à la maison et ne nous encourageaient pas, mon frère et moi, à inviter des camarades d'école.*

*L'année de mes 10 ans, Maman, de plus en plus fragile, a succombé à une épidémie de tuberculose. Elle est partie sans un mot, elle qui était si sensible mais ne savait communiquer que par le biais de son archet. Caressant du bout des doigts les cordes de son violoncelle adossé au mur près de son lit, elle a gardé le peu de souffle qui lui restait, entre deux violentes quintes de toux, pour fredonner quelques accords qui se sont envolés avec elle.*

*Le silence s'est installé chez nous, chacun terrant son chagrin au plus profond de lui-même. Toni n'avait plus le cœur à livrer ses batailles enragées, ni moi à choyer mes poupées. Nous restions tous deux, hébétés et muets, à contempler pendant des heures la vie des autres par la fenêtre.*

*C'est alors qu'a emménagé dans notre immeuble, sur notre palier, une nouvelle famille : les Levy. Ils n'avaient qu'un fils, Simon, du même âge que moi. Dès que je croisai son regard espiègle, ce fut un éblouissement, un arc-en-ciel de couleurs qui venaient avaler le gris de mon quotidien et de mon âme. Nous devînmes rapidement inséparables, d'autant que nous fréquentions le même établissement scolaire, lui côté garçons et moi côté filles. Nous nous donnions rendez-vous pour y aller et pour en revenir, et chaque trajet était l'occasion de nous confier la moindre de nos pensées, émotions et aventures. Lorsque nous avions fini nos devoirs, nous nous retrouvions dans notre cachette sous l'escalier de l'immeuble pour poursuivre nos délicieux conciliabules. Anna et Simon, Simon et Anna, nous étions les deux faces d'une même pièce.*

*De son côté, Toni, après une période de prostration, a réagi au décès de notre mère par une exaltation fiévreuse en faveur des idées nazies qui se répandaient comme une traînée de haine en Allemagne. A force d'insistance auprès de notre père, il est entré aux Jeunesses Hitlériennes et s'est montré de plus en plus hostile envers Simon et sa famille. « Tu ne devrais pas fréquenter cette vermine », me grognait-il d'un air mauvais, accompagnant ses mots d'une grimace de dégoût.*

*Les Levy étaient de fait de plus en plus inquiets face à la montée de Hitler et aux premières persécutions dont les Juifs étaient victimes. Je me souviens de ce jour, alors que nous venions d'apprendre ce qu'il s'était passé pendant la Nuit de*

*Cristal, du 9 au 10 novembre 1938 : je décrivais avec horreur à mon père les vitrines de commerces brisées, les synagogues incendiées, les cris dans la rue, lorsque Toni a fait irruption dans le salon. Il venait d'avoir 18 ans, était désormais engagé dans la Waffen-SS et a revendiqué avec morgue avoir participé à ces attaques... Comment décrire le regard que nous avons tous deux échangé en silence, mon père et moi... Pour la première fois de ma vie, j'ai eu peur de mon frère.*

*Puis il y a eu l'assassinat d'Ernst vom Rath, la dénonciation du « complot juif » par Goebbels, le pogrom, le déferlement de la violence dans Berlin... Plusieurs familles juives du quartier ont été arrêtées et à l'aube d'un pâle jour de novembre 1941, deux hommes en imperméable de cuir noir se sont présentés sur notre palier, pour frapper chez les Levy qui s'étaient refusés à fuir le pays. Désespérée et impuissante, je les ai vus embarquer les parents de Simon, dignes et droits, une petite valise à chaque bras, vers un terrible ailleurs. Heureusement, mon ami avait quant à lui réussi à s'enfuir par la porte de service...*

*Après dix-huit mois de disparition, Simon est venu me retrouver par surprise à la nuit tombante, me hélant de dessous l'escalier de notre immeuble, alors que je rentrais chez moi. Il avait vécu caché « en sous-marin » pendant tout ce temps, en multipliant les cachettes et les astuces pour survivre, seul, ne comptant que sur lui-même et sur son indéfectible espoir en l'avenir. Avec une seule idée en tête : me revoir. Et il était soudain là, devant moi, barbu, décharné et en guenilles. Lentement, il est sorti de la pénombre et s'est avancé vers moi en m'appelant avec douceur : « Anna… » Le gris de l'enfer quotidien s'est alors évaporé pour laisser place au bleu outremer, au vert émeraude, au jaune citron, au rouge coquelicot… à toutes les couleurs de la vie. Simon m'attira délicatement à lui et posa ses lèvres sur les miennes. Puis, tapis sous l'escalier, nous nous sommes aimés à en perdre haleine, à en perdre la raison, à en perdre toute notion du danger. C'est alors que nous nous séparions que Toni est apparu dans l'encadrement de la porte d'entrée. Il nous a vus et son visage s'est décomposé. Ivre de fureur, il nous a injuriés puis il a saisi Simon par le poignet et l'a traîné avec une force décuplée par la rage dans la rue. J'ai entendu des portières de voiture claquer, un moteur vrombir, des pneus crisser, c'est la dernière fois que j'ai vu mon aimé…*

*Quelques semaines plus tard, je réalisai que j'étais enceinte. Toni, qui ne m'adressait plus la parole depuis la scène de l'escalier, a suivi toute ma grossesse d'un œil froid. Il m'a maintenue prisonnière dans notre appartement, imposant également le silence à mon père dépassé par les événements. Et lorsque j'accouchai chez nous en présence d'une sagefemme à qui il intima la discrétion absolue, mon bébé me fut aussitôt arraché et confié à des inconnus.*

*Aujourd'hui, plus rien ne me retient à la vie. En dépit de mes supplications, Toni refuse catégoriquement de me dire ce qu'il est advenu de mes deux amours. Je ne peux qu'espérer les retrouver un jour, en ce monde ou dans l'autre… »*

Le manuscrit s'achève sur ces mots. Andreas est bouleversé, son sang cingle l'intérieur de ses tempes. Il réalise que le bébé d'Anna est né à peu près à la même date que lui et devine que cette enveloppe ne lui pas été transmise par hasard… Que sont devenus Anna et Simon ? Et pourquoi cette demande de pardon du vieil homme du cimetière, quel rapport a-t-il avec eux ? Il reste de longues minutes silencieux et saisi d'une brusque intuition, il s'empare de la carte de visite d'Anton Stock. Anton… Toni… Serait-ce la même personne ? Il compose le numéro de téléphone inscrit sur le bristol. Il reconnaît la voix fatiguée qui lui répond aussitôt :

— Andreas ?

— Êtes-vous Toni ?

— Oui… Je suis là, à quelques mètres de toi.

Andreas se retourne et aperçoit en effet l'homme au manteau vert debout derrière lui, sous le couvert d'un chêne. Ce dernier s'avance vers son neveu d'un pas hésitant. Envahi par une bouffée de haine, Andreas lui lance d'une voix rauque :

— Où sont Anna et Simon ?

— Simon a été déporté à Auschwitz et n'en est jamais revenu. J'ai appris qu'il s'était fait fusiller lors d'une tentative d'évasion… Ma sœur est morte en 1947 en se laissant dépérir de chagrin d'avoir perdu son amour et son enfant… Quant à toi, j'ai régulièrement pris de tes nouvelles auprès des Hofstein, mais sans jamais oser me manifester, lié par la promesse que j'avais faite à Beate et Moritz. Après la guerre et tout au long de ces dernières décennies, j'ai pris conscience de la folie de mes engagements et de l'horreur de mes actes. Cent fois, j'ai pensé mettre fin à mes jours afin de me délivrer de mes remords, mais j'avais retrouvé ce manuscrit oublié au fond d'un tiroir du secrétaire d'Anna et je m'étais juré de te le remettre avant ma mort. C'est désormais chose faite et je vais enfin pouvoir quitter ce monde. Je te demande une dernière fois pardon, tout en sachant que je suis impardonnable...

Les traits crispés, Andreas ne dit mot. Alors qu'il s'apprête à tourner les talons, Anton Stock glisse soudain sa main dans la poche de son manteau et en sort un document jauni et abîmé, qu'il remet à Andreas en lui disant :

— Voici un souvenir de ton père, que j'ai conservé au moment de son arrestation.

Il s'agit d'une très ancienne carte d'identité, barrée du tampon « Juif », avec une photo en noir et blanc représentant un beau jeune homme au regard malicieux : c'est donc lui, Simon, son père. Un voile humide devant les yeux, Andreas reprend dans l'enveloppe la photo avec le portrait d'Anna, sa mère, et dispose les deux clichés côte à côte.

Sur le tableau, les yeux d'Anna semblent soudain moins gris...

# Remerciements

Merci beaucoup à ma famille - mon mari, mes parents, mes frère et sœurs, mes enfants - pour leurs précieux encouragements à donner libre cours à mon goût pour l'écriture et à me lancer dans la publication de ce recueil de nouvelles. Un merci tout particulier à ma mère pour son aide à trouver le juste mot, quitte à reprendre un certain nombre de fois une même phrase jusqu'à trouver la formule magique !

Merci à mes amies de longue date, notamment Agathe, Armelle, Bénédicte et Françoise, fidèles lectrices de mes écrits depuis de nombreuses années, pour leurs retours enthousiastes et leur soutien sans faille.

Merci à mes camarades d'écriture et amies - Amy, Aurélie, Christelle, Francine, Ghislaine, Véronique et Virginie -, pour leur relecture attentive de mes textes et le bonheur de partager ensemble notre amour des mots.

Et merci à vous tous qui découvrez ma prose, j'espère que ce recueil vous plaira et vous donnera envie de lire d'autres nouvelles nées de mon imagination et de ma plume. Et qui sait, peut-être un jour un roman ?

# À propos de l'autrice

Après des études de Lettres à la Sorbonne, Anne-Sophie Prost a travaillé dans la communication d'entreprise et est devenue rédactrice indépendante.

Pour le plaisir de raconter des histoires et de s'évader à travers les mots, elle écrit des nouvelles, dont plusieurs ont été primées.

Elle partage volontiers son amour de la littérature en donnant envie à d'autres lecteurs de découvrir des livres porteurs d'univers singuliers et invitant à la réflexion.

Formée à l'animation d'ateliers d'écriture, elle communique aux adultes et adolescents les techniques de l'écriture littéraire dans un esprit de bienveillance et de convivialité.

Elle a ainsi la chance d'avoir fait de sa passion pour l'écriture son métier. Elle aime en explorer toutes les formes pour aiguiser sa plume et celle de tous ceux qu'elle a le plaisir d'accompagner en atelier.

Pour en savoir plus ou la contacter, rendez-vous sur :

**www.atout-plume.com**

**www.facebook.com/atoutplume/**

# Table

9 782958 650100